日本的ニヒリズムの行方

正法眼蔵と武田泰淳

藤本成男

大学教育出版

まえがき

言うまでもなく、われわれは無常を生きている。無常とは、存在するものはすべて常ならざるものであり、変化と滅亡を免れることができないということである。それをどうとらえるかによって、一方で空しさやはかなさが前面に出ることになるが、しかし、無常とは本来詠嘆の感情、情緒とは無縁であり、すべての存在者を貫く存在論的本質の冷徹な認識である。死や無や空への徹底した洞察は、これこそまさにニヒリズムといってよい。ニヒリズムとはけっして虚無主義ではない。人はこの冷厳なニヒリズムに堪えられなくて、さまざまな意味づけをする。

もとより、ニヒリズムは多義的であり、ヨーロッパの歴史的帰結としてのニーチェ哲学におけるニヒリズムが、現代にそのままあてはまるわけではない。今日には今日のニヒリズムがあり、また、わが国の文化的伝統に由来するニヒリズムがあるのも確かである。それは、無常をめぐるわれわれ日本人の思索において深い意味をもつことはまちがいない。そのニヒリズムとどう向き合うかによって、古今の思想や文学が形づくられてきたと言ってよい。

ここで『正法眼蔵』と武田泰淳を並べたのにはそれなりの理由がある。それは、無常への向き合い方において両者に通じるものを見てしまったからである。そこでは、ニヒリズムは回避され、排斥され、克服されるべきものとしてあるのではない。それはけっして勇ましい「主義」などではなく、生も死も無として否定を重ねるその徹底性において、思索的であり、知的で静かなニヒリズムであるとも言える。滅亡の宿命を背負いながらも、「いま」・「ここ」にまちがいなく現前することが問題にされる。「色即是空」は、「空」へと徹底した上で、必ず「空即是色」と「色」へと戻ってくる。それをいかに徹底し、「空」の「空」たるところに堪えているかが、そのニヒリズムのあり方を示す。

無常変転の時間は一定の到達点、明らかな目的地へ向かって突き進んでいるのではない。刹那生滅、刹那生起、いわばその無意味な、虚無の底なき深淵がのぞいている。『正法眼蔵』は、その時間のリアリティに正面から向き合う。武田泰淳もまた、無常において自己の無根拠性に絶えず立脚しつつも、その自己の何者でもないということに安住しないことに特徴をもつ。唐木順三の言った「無常なるものの無常性を徹底させる」ということばの本来の意味において、両者は共通する方向性を持っていると考える。それは、容易に救いに結びつかないなかにあって、絶えず問い続け、その救いのなさの裡に世界そのものが深まっていくというあり方をする。これは、そのことを明らかにしようとするささやかな試みである。

二〇一一年二月

著　者

日本的ニヒリズムの行方――正法眼蔵と武田泰淳――

目次

第一章　無常とは何か

一、正法眼蔵の時間論

はじめに

ここでは日本の中世思想の中で、すぐれた存在論を展開したと考えられる『正法眼蔵』について述べたいと思う。この書が、単に仏教を語る存在論であるのみならず、それを超えて独自の存在論たりえていると考えるからである。ここで試みようとしていることは、その存在論を論じる上で核心となるべきものを、認識論、時間論、因果論、生死論といった、本来なら個々について論じられるべきものについて考えながら、それらすべてを貫くものを問題にすることであり、なかでもとくに『正法眼蔵』の「時」に焦点をあてようとするものである。それぞれに関わりながらも、その個別的な観点にとどまることなく、それらを独自の存在論として読むことを目的とする。

『正法眼蔵』の「時」を、その独自の視点から語ろうとすると、すべてを貫く「無」あるいは「空」に積極的な価値をおく存在論について考えなければならない。アリストテレス以後の哲学が、完全なるものとしての神は真に存在するもの、実在するものであると考えたように、いわゆる存在論が実在としての存在に何らかのプラスの価値をおくという観点からするならば、無我を説き空を説く仏教に、はたして存在論といえるものがあるのかという疑問も起こ ろうが、存在論とは必然的にそのような実在論でなければならないというわけではない。「有」に積極的な価値を認めるだけではなく、むしろ「有」と「無」とを超えたところに存在論を摸索しようというのが『正法眼蔵』本来の立場である。

『正法眼蔵』において「時」はどのように現れるか。ここで問題にしたいのは、正法眼蔵の思想が、それまでのいわゆる仏教哲学とどう異なるかである。すなわち、正法眼蔵の「時」がいかなるものであるかを考えることによって、その独自の時間論を明確にしようとするものである。

(一) 三界は、初・中・後にあらず

『正法眼蔵』を読んでいると、「心にほかならない牆壁瓦礫」といった表現に繰り返し出会う。ところが、「仏性」の巻の最後の部分は次のようなことばで結ばれている。

> さらに仏性を道取するに、拕泥滞水なるべきにあらざれども、牆壁瓦礫なり。向上に道取するとき、作麼生ならんかこれ仏性。還委悉麼。三頭八臂。(『道元禅師全集』春秋社、第一巻、四四頁)

ということは、心は牆壁瓦礫であり、牆壁瓦礫は仏性なのである。牆壁瓦礫を媒介として、心とは、すなわち仏性にほかならないといえる。ただ、このようなものは、ただ単に牆壁瓦礫といわれるだけで充分なのではなく、それどころか、これが牆壁瓦礫というひとつの実体的なものへと固定されたとたんに、心はすでに心ではなく、仏性はすでに仏性ではなくなる。

一般に仏性とは、刻々に新しいすがたをとりながら現れる世界に、その根拠を与えているものとも考えられてき

た。この心はただ心、一心といわれるほか、心性⑴、真如⑵など、さまざまに呼ばれる。たとえば、『大乗起信論』には、次のようにある。

心眞如者。卽是一法界大總相法門體。所謂心性不生不滅。一切諸法唯依妄念而有差別。若離妄念則無一切境界之相。是故一切法從本已來。離言説相離名字相離心縁相。畢竟平等無有變異不可破壞。唯是一心故名眞如。以一切言説假名無實。但隨妄念不可得故。言眞如者。亦無有相。謂言説之極因言遣言。此眞如體無有可遣。以一切法悉皆眞故。亦無可立。以一切法皆同如故。當知一切法不可説不可念故。名爲眞如。（『大正大蔵経』第三二巻、五七六頁上）

これによれば、不生不滅の心の本性は、一切の法界に遍く存しており、平等にして変異のない一心である。大乗仏教では、心・意・識の三つの名を挙げるとともに、それらとは別に、如来蔵心、自性清浄心の名のもとに、いわば「さとり」の心の根拠ないし内容が説かれている。さきの三種心が生滅をくりかえす現象心であるのに対し、後者は現象心の奥にある不生不滅の真実心であり、実体としての性心であるといわれている。この不生不滅の自性清浄心なるものが、『大乗起信論』と密接な関係にあることはいうまでもない⑶。

また、これが『起信論』に先立つ『華厳経』では、「三界所有唯是一心」（『大正大蔵経』第一〇巻、一九四頁上）と表されており、客観界の諸事象に実在性を認めず、三界のあらゆる現象はただ一心から現れ出たものであるとする。つまり、三界に属するものは、すべて唯心であり、一心である。それはさらに、清浄心であると解されていく。

しかし、これに対し『正法眼蔵』は次のように言う。

釈迦大師道、「不如三界、見於三界」。

この所見、すなはち三界なり、この三界は、所見のごとくなり。三界は、本有にあらず、三界は今有にあらず、三界は、新成にあらず、三界は、因縁生にあらず。三界は、初・中・後にあらず。出離三界あり、今此三界あり。これ、機関の、機関と相見するなり、葛藤の、葛藤を生長するなり。今此三界は、三界の所見なり。いはゆる三界は、見於三界なり、見於三界は、見成三界なり、三界見成なり、見成公案なり。よく三界をして発心・修行・菩提・涅槃ならしむ、（「三界唯心」『全集』第一巻、四四四頁）

ここには、必ずしも三界の現れ出る根拠としての「一心」が前提されているわけではない。釈迦の「三界の三界を見るに如かず」、つまり、主体的な自己認識こそ重要であるという意を受けて、三界とは見られている通りなのであるという。それは、すでに「一心」として予めあるものなのではなく、「今此の三界にある」のであり、「機関の機関と相見」するのである。それは、はたらきがはたらきと相会うのである。そのはたらきの現成において、その見るということにおいて、三界を三界であらしめるのである。

『正法眼蔵』においては、この「一心」よりもむしろ、ノエシス・ノエマ構造をもった心を存在そのものとしてしまう「機関と機関の相見」、あるいは、はたらきの現成にこそ大きな意味がある。ここで「私は在る」というとき、「私は現在に作動する」というべきであって、「三界は初・中・後にあらず」とあるように、時間的に継起する世界ではない(4)。その現在は一つの時間位置というよりは、もっと根源的なものと考えなければならない。

(二) 無常仏性

道元が示した「悉有は仏性なり」の思想は、有無という従来の関心を超える視点を提起したという点において注目に値する。しかし、次のような一節はどう理解すればよいのだろうか。

いま仏道にいふ一切衆生は、有心者みな衆生なり、心是衆生なるがゆゑに。無心者おなじく衆生なるべし、衆生是心なるがゆゑに。しかあれば、心みなこれ衆生なり、衆生みなこれ有仏性なり。草木国土、これ心なり、心なるがゆゑに衆生なり、衆生なるがゆゑに有仏性なり。日月星辰これ心なり、心なるがゆゑに衆生なり、衆生なるがゆゑに有仏性なり。（「仏性」『全集』第一巻、三三頁）

ここで問題になるのは、「一切衆生悉有仏性」における「有」が「所有」の意味合いを残さないかどうかである。もしそうならば、衆生も仏性も実体と見誤られかねないからである。そこで、続けて次のようにいう。

有仏性の有、まさに脱落すべし。脱落は一条鉄なり、一条鉄は鳥道なり。しかあれば、一切仏性有衆生なり。これその道理は、衆生を説透するのみにあらず、仏性をも説透するなり。（同、三三頁）

一方で「有」をいうとしても、「一切衆生即仏性」の意味においてであるとともに、「有仏性の有、まさに脱落すべし」であり、衆生を説いてそれを超えるばかりでなく、仏性を説いてそれを超えるのでなければならないというのである。「仏性」と聞いて、人は、仏性とは我における「覚」の本性であると見、それがあたかも草木の種子が生長し、枝葉を出し、花を咲かせるように現れると見てしまうのである。このような見解を否定して、「偏界不曾蔵といふは、かならずしも満界是有といふにあらざるなり。偏界我有は外道の邪見なり」という。

ここにあるのは、「有」によって仏性を実体とすることの拒否であり、そういう見方に対する批判である。仏性は成仏の可能性といわれるが、それを実体的な本性ととらえるのではなくて、あくまで実体否定の立場に立っての「有仏性」とみなければならない。

又、仏性は生のときのみにありて、死のときはなかるべしとおもふ、もとも少聞薄解なり。生のときも有仏性なり、無仏性なり。死のときも有仏性なり、無仏性なり。風火の散・未散を論ずることあらば、仏性の散・未散なるべし。たとひ散のときも仏性有なるべし、仏性無なるべし。たとひ未散のときも有仏性なるべし、無仏性なるべし。しかあるを、仏性は動・

不動によりて在・不在し、識・不識によりて神・不神なり、知・不知に性・不性なるべき、と邪執せるは、外道なり。（同四三頁）

生のときも有仏性、無仏性、死のときも有仏性、無仏性ということは、生死を超えて「動不動」「識不識」「知不知」にかかわらず、「有にあらず無にあらず」が貫かれることを意味する。そこで重要な意味をもつのが「無常仏性」である。

六祖示門人行昌云、無常者即仏性也、有常者即善悪一切諸法分別心也。（同、二四頁）

「無常は仏性なり」とされることによって、否定的にのみはたらくかとみえた「無」が積極的意義をもつのである。仏性は有と無の矛盾に立ち止まることなく、常に新しい「有」の局面をひらいていく。聖人は、さとりを得た人でありながら無常であり、凡夫は凡夫でありながら無常である。凡夫はどこまでも凡夫、さとりを得た人はどこまでもさとりを得た人、などというのであったら、それは仏性ではない。仏性だからこそ無常であり、無常でない仏性はない。仏性とはそのようなものでしかありえないというのが、道元の「無常仏性」のとらえ方だといってよい。

草木叢林の無常なる、すなはち仏性なり。人物身心の無常なる、これ仏性なり。国土山河の無常なる、これ仏性なるによりてなり。阿耨多羅三藐三菩提、これ仏性なるがゆゑに無常なり。大般涅槃、これ無常なるがゆゑに仏性なり。（同、二五頁）

このように、無常即仏性と考えるとき、道元の仏性は独自の時間的性格をもち、時節因縁という問題につながっていく。そして、「いまはいかなる時節にして無仏性なるぞ」ということばの根底にあるのは、『涅槃経』に対する道元の解釈であった「悉有は仏性」という命題である。『涅槃経』には「欲知仏性義、当観時節因縁。時節若至、仏性現前」とあって、これを道元は、「修行していくうちに自然に仏性現前の時節にあう。しかし、時節が至らなければ、師について法をたずねても、辨道功夫しても現前しない」という読みを誤った見方として退け、「時節」が「若至」しない時節はあったことがなく、仏性の現前しない仏性はないとする。[5]

時節若至といふは、すでに時節いたれり。なにの疑著すべきところかあらんとなり。疑著時節さもあらばあれ、還我仏性来なり。しるべし、時節若至は、十二時中不空過なり、若至は既至といはんがごとし。時節若至すれば、仏性不至なり。しかあればすなはち、時節すでにいたれば、これ仏性の現前なり。あるいは其理自彰なり。おほよそ時節の若至せざる時節いまだあらず、仏性の現前せざる仏性あらざるなり。（「仏性」『全集』第一巻、一八頁）

ここにいう「仏性現前」は、仏性が常住ということではない。「仏性は成仏よりさきに具足せるにあらず。成仏よりのちに具足するなり。仏性かならず成仏と同参するなり」（仏性）、また、「この法は人人の分上にゆたかにそなはれりといへども、いまだ修せざるにはあらはれず。証せざるにはうることなし。」（辨道話）とあるように、成仏、作仏するということは「転」であり、「無常」である。仏性をたえざるはたらきとみた表現と考えることができる。このはたらきは有と無を超越して、そのいずれでもあっていずれでもないものへの発展を意味し、たえずその固定化、実体化を拒否し続けるという性格をもつ。そして、それは無常変化の中にあって瞬間ごとに変転推移し、一瞬たりともとどまることはない。

(三) 有時の思想

『正法眼蔵』の時間論を特徴づけるものの一つに、「而今」という概念がある。

いはゆる、山をのぼり、河をわたりし時に、われありき、われに時あるべし。われすでにあり、時、さるべからず。時、もし去来の相にあらずば、上山の時は有時の而今なり。時、もし去来の相を保任せば、われに有時の而今ある、これ有時なり。かの上山・度河の時、この玉殿朱楼の時を呑却せざらんや、吐却せざらんや。(「有時」『全集』第一巻、二四二頁)

常識的な見方からすれば、河を過ぎ山を過ぎいまは玉殿朱楼にいるのだから、山や河は自分から遠く離れたものと思う。しかし、これは時を抽象的に考えて、それに過去・現在・未来の名前を付けたにすぎない。山を登り河を渡ったといわれる時に自分は存在したのであって、自分に「時」があるはずである。自分がすでに存在するのであるから「時」が去るはずはない。「時」がもし去ったり来たりするというような様相のものでないとすれば、山に登ったときは、「有時の而今(存在する時の現在)」である。「時」が去ったり来たりするというような様相において見えるとすれば、自分には「有時の而今(或る時の現在)」があるのであって、これが「有時」なのである。[6]

「時」というものを、去来するものと見るとしても、去来しないものと見るとしても、いずれにせよ、「有時の而今」というかたちで現在が現れるわけであって、それが「有時」なのであるから、いずれにせよ、現在なしの過去というものはありえない。したがって、また消え去る過去というものもない。常識が現在の時以外に存在するかのように思っている過去と未来も、現在とのかかわりをはずしては存在し得ない。過去の記憶も未来への期待も、その主体は現在のわれであることを考えてみればよい。

『正法眼蔵』では、「正当恁麼時なるがゆゑに有時みな尽時なり」[7]というように、「而今」はすなわち「絶対の今」といわれるように[8]、過去・現在・未来あらゆる時のすべてであり、それはけっして単なる時間の流れの一時点なのではない。常識が過去の出来事としてその存在を信じているものも、実は現在の意識内容として現在のわれによって把持されているものである。過去はその限りにおいて存在する。

しかあれば、松も時なり、竹も時なり。時は飛去するとのみ解会すべからず、飛去は時の能とのみは学すべからず。時、もし飛去に一任せば、間隙ありぬべし。有時の道を経聞せざるは、すぎぬるとのみ学するによりてなり。要をとりていはば、尽界にあらゆる尽有は、つながりながら時時なり、有時なるによりて吾有時なり。（「有時」『全集』第一巻、二四二頁）

そういうわけだから、松も「時」であり、竹も「時」である。「時」は飛び去るものとのみ理解してはならず、飛び去るのは「時」のはたらきとのみ思いこんではならない。「有時」ということばを正当に受けとめて聞くことができないのは、過ぎてしまったとのみ思いこむからである。ここにいう「つらなりながら時時なり」とは、全世界にある全存在は、意識において連なりながら、意識内容全体として、いうならば存在全体として瞬間ごとに起こり瞬間ごとに滅している。(9) 連なりながら個々の時であるということになる。したがって、存在するのはただ現在の存在のみであり、しかも現在の存在の内には空間的連続が存在するばかりでなく、時間的連続も存在し得るというのである。こうした時間の本質をとらえて「而今」というのである。

このような時間論によれば、一瞬一瞬における存在は独立、非連続的な絶対存在ではあるけれども、何ら実体的なものではなく、瞬間ごとにおける絶対存在は、起こりまた滅する。

古仏言、有時高高峰頂立、有時深深海底行、有時三頭八臂、有時丈六八尺、有時拄杖払子、有時露柱燈籠、有時張三李四、有時大地虚空。

いはゆる有時は、時すでにこれ有なり、有はみな時なり。丈六金身、これ時なり、時なるがゆゑに時の荘厳光明あり、いまの十二時に習学すべし。三頭八臂、これ時なり、時なるがゆゑに、いまの十二時に一如なるべし。十二時の長遠・短促、いまだ度量せずといへども、これを十二時といふ。去来の方跡あきらかなるによりて、人、これを疑著せず、疑著せざれども、しれるにあらず。衆生もとより、しらざる毎物毎時を疑著すること一定せざるがゆゑに、疑著する前程、かならずしもいまの疑著に符合することなし。ただ疑著しばらく時なるのみなり。(「有時」『全集』第一巻、二四〇頁)

道元がここにいう「有時」とは、「或る時」であり、高々たる峰頂に立つ或る時と、深々たる海底を行く或る時とは、それぞれ個別的な時であるが、しかも「いはゆる有時は、時すでにこれ有なり、有はみな時なり」とあるように、時とは存在であり、存在はそのまま時であるという意味では「有る時」でもなければならない。

人は日常的態度において、時間は過去から未来に向かって永遠に流れ、一切の存在はこの時の流れの中で生滅しながら、時間によって絶えず運ばれていくものと見るかもしれない。つまり、時間と存在を区別し、時間は無内容であるとはいえそれ自身の存在を有し、瞬時の停滞もなく常に同一速度で過去から未来へ向かって永遠に流れ行くものであるが、存在はこの永遠の時間の中に現れ、一定の時間ここにとどまってその時間の経過とともに消滅していくという見方である。しかし、はたして本当にそうなのかと道元は問う。

「有時」によると、人は「去来の方跡(去ったり来たりする移りゆきの方向や跡形)」を疑わないが、それを知っているわけではない。衆生は、もとより知らない物事をどれでも疑ってみると定まっているわけではないのだから、疑う以前の状態は必ずしも今の疑いに符合するということはない。ただ、疑うことがそのまま時であるだけだという。つまり、「有る時」は「或る時」としてしかすがたを現さないのだから、疑う今においてこそ疑うことがそのまま時なのである。あくまでもこの「有時」は無常仏性を前提としたものであるから、けっして実体としてとらえるべきものではなく、道元が「欲知仏性義、当観時節因縁」を引用したときの「時節」によって示されたものである。したがって、有時相即の論理も、無常仏性の自覚においてこそ成立すると考えるべきだろう。この瞬間に現れ瞬間に消え去り、現れるさきに何ものもなく消え去ったあとに何ものも残らない。それが生死の現実のすがたにほかならない。

この無常仏性について、「有時」においては次のようにもいわれる。

葉県の帰省禅師は、臨済の法孫なり、首山の嫡嗣なり。あるとき、大衆にしめしていはく、有時意到句不到、有時句到意不到。有時意句両倶到、有時意句倶不到。

意・句ともに有時なり、到・不到ともに有時なり。到時未了なりといへども不到時来なり。意は驢なり、句は馬なり。馬を句とし、驢を意とせり。到それ来にあらず、不到これ未にあらず。有時かくのごとくなり。到は到に罣礙せられて不到に罣礙せられず、不到は不到に罣礙せられて到に罣礙せられず。意は意をさへ、意をみる。句は句をさへ、句をみる。礙は礙をさへ、礙をみる。礙は礙を礙するなり、これ時なり。礙は他法に使得せらるといへども、他法を礙する礙いまだあらざるなり。我逢人なり、人逢人なり、我逢我なり、出逢出なり。これらもし時をえざるには、恁麼ならざるなり。又、意は現成公案の時なり、句は向上関棙の時なり。到は脱体の時なり、不到は即此離此の時なり。かくのごとく辦肯すべし、有時すべし。（「有時」『全集』第一巻、二四五頁）

帰省禅師があるとき僧衆に示していった。「あるときは、思いは届いてもことばが届かない。あるときは、ことばは届いても思いが届かない。あるときは、思いもことばも届いている。あるときは、思いもことばも届かない」。しかし、いずれのときにおいても、「意句ともに有時なり」である。存在そのものが、時を離れてはあり得ないのであるから、ものを考えるということも、時を離れてはあり得ない。ことばに出して表す場合においても、時を離れてはあり得ない。それが十分に現れる、現れないということも、時を離れてはあり得ない。「到それ来にあらず、不到これ未にあらず」である。

こうした時間論に立つと、「到」のときは「到」のときとして絶対、「不到」のときは「不到」のときとして絶対であるから、「到」においても「不到」においても、けっして邪魔されることはない。いずれにおいても絶対である主体的立場をもつことができる。この主体の根本的立場を「礙は礙をさへ、礙をみる。礙は礙を礙するなり」といったのである。

このように、「私」が脱自的な自覚の拡がりの中で、疑いようもなく明らかに、面目現前している今時を、宇宙時間として自覚するところに、道元における時と存在の関係が最も明確に表れているのではないかと思う。

(四) 因果と時

『正法眼蔵』「諸悪莫作」巻に「諸悪莫作、衆善奉行、自浄其意、是諸仏教」が取り上げられている。元来「諸悪作すことなかれ、衆善奉行せよ。云々」と読まれてきたものを、道元は「諸悪作すことなく、衆善奉行し、自らその意を浄む。是れ諸仏の教えなり」という。悪をやめて善をなすことにはちがいないが、自分からすすんで悪をやめようというのを超えて、すでに悪がなされることがなくなっているところに照準を合わせているのである。

そもそも、善悪の判断が因果応報説に基づいて行われるということはどういうことかというと、それは言い換えれば、道徳的判断の根拠がもともとインドに一般的であった「業」の思想に置かれているということである。「業」について、『岩波仏教辞典』によれば、「サンスクリット原語の基本的意味は、〈なすこと〉〈なすもの〉〈なす力〉」であり、行為とその行為が行為者に与える影響力という意味を含んでいる。業は行為の因果関係を問題とするものであり、それが善因楽果・悪因苦果という因果応報の思想として表されることになるのである。したがって、これは具体的な行為を生み出した心のあり方、心による行為を重視した善悪観であるといえる。

ところで、『正法眼蔵』の「因果」を検討してみるとき、巻の成立時期によって表現に差が見られる。

正当恁麼のとき、初中後、諸悪莫作にて現成するに、諸悪は因縁生にあらず、ただ莫作なるのみなり。諸悪は因縁滅にあらず、ただ莫作なるのみなり。諸悪もし等なれば、諸法も等なり。諸悪は因縁生としりて、この因縁の、おのれと莫作なるをみざるは、あはれむべきともがらなり。（「諸悪莫作」『全集』第一巻、三四六頁）

衆善これ因縁生・因縁滅にあらず。衆善は諸法なりといふとも、諸法は衆善にあらず。因縁と生滅と衆善と、同じく頭正あれば尾正あり。（同、三四八頁）

ここにおいてはもはや、諸悪も衆善も、因縁によって生ずるのではない、因縁によって滅するのではない、ただ莫作なるのみといわれる。晩年の作とは対照的な、この因果・因縁の否定とも受け取れる表現には、どのような意味が込められているのだろうか。

道元が、不滅の実体を立てる思想を厳しく批判したことは、すでに述べたが、そこには時間的にも、空間的にも徹底して実体性を否定した因縁和合の存在として、現実の人間はとらえられていたはずであり、それは次のような表現によっても知られる。

しるべし、今生の人身は、四大五蘊、因縁和合して、かりになせり、八苦、つねにあり。いはんや刹那刹那に生滅してさらにとどまらず。いはく、一弾指のあひだに六十五の刹那生滅すといへども、みづからくらきによりて、いまだしらざるなり。……この刹那生滅の道理によりて、衆生、すなはち悪の業をつくる、また刹那生滅の道理によりて、衆生、発心・得道す。（「出家功徳」『全集』第二巻、二七四頁）

一二巻本冒頭のこの巻において語られているのは、人間は刹那生滅の道理によって善悪さまざまな業をつくるのであり、またこの同じ道理によって衆生は発心して仏道に目覚めるということである。つまり、因縁によってこそ、人間の善悪の行為は成立することになる。

この因縁が、比較的早い時期の示衆である「諸悪莫作」巻をはじめ、「仏性」巻（「妄縁起の有にあらず、偏界不曾蔵のゆゑに」)、「三界唯心」巻(「三界は因縁生にあらず」)において否定されている。ただ、ここでしりぞけられているのは、「因縁」という概念であり、客観的認識としての「因縁」である。ここでは、因果・因縁としてある現実そのものが否定されたわけではなく、そのような事態そのものは、そのまま因果・因縁の世界であることには変わりがない。「仏性」巻においては、「いはゆる仏性をしらんとおもはば、しるべし、時節因縁これなり」という表現も見られ、一方で因果・因縁の概念的理解を否定しつつ、客観的認識のはいる余地無く現れ尽くしてあるものとしての因果・因縁の世界を明らかにしようとしたともいえる。

これについて、「如来蔵思想」批判の立場から、松本史朗『縁起と空』(大蔵出版、一九九〇)が展開した説は、因とは果を生じるものであって、両者を結ぶ〈生起〉という関係は、両者を異時なるものとしてしか許さないというのが、「因果関係の構想」であるから、因果関係は、論理的関係または空間的関係を含まず、「我々にあらわれてくるのは、ただ〈無明に縁りて行生ず、行に縁りて識生ず、生に縁りて老死生ず〉という全く危機的な時間の流れとしての我々の生だけ」というものである。これによると、「如来蔵思想」においては、唯一の実在たるdhātuがlocus(基体・原因)となって、複数の法dharmaを生じ、ここでdhātuはdharmaの存在論的根拠になっているのに対して、縁起説とは、この存在論的根拠、つまりdhātu(locus)を否定するためのものであり、基体(locus, dhātu)はまったく認められていないとする。また、無始無終のdharmaからdharmaへ、因から果への時間的因果関係はあるが、その第一原因としてのdharmaはなく、もちろんdhātuはまったく認めない。

こうした主張の背景にあるのは、インドの「梵我一如」思想、つまり、人が覚るのは絶対者であるブラフマン(=梵・宇宙原理)とアートマン(=我・個人原理)が合一することにおいてであるという思想が仏教の中にも受け継がれており、そこから、仏教でも諸々の存在の底にそれを生み出す基体(絶対者)を認め、覚りとはそれと合体することだとするようになったと考え、これは仏教の正統思想ではないとする見方である。しかし、問題は、「本覚思想」

を批判したと思われる道元が、それを批判するのに、「本覚思想」（如来蔵思想）をまったく排除し得る立場にいたかどうかである。

したがって、晩年の道元が縁起説を重視する結果になったのは確かだとしても、空間的因果関係、論理的因果関係をまったく認めなかったかどうかについて、簡単に答を出すことはできない。ただ、無時間化されることによって空間性に重点が移り、因果の関係性が失われるとしたら、それに対して、因から果への向かう関係性を回復させる必要は認めなければならなかっただろう。それは言い換えれば、

しかあれば即ち、仏法の批判、もつともかくのごとくの祖師の所判のごとく習学すべきなり。いまのよに、因果をしらず、業報を明らめず、三世をしらず、善悪をわきまへざる邪見の輩には群すべからず。（「三時業」『全集』第二巻、三九六頁）

因果を「三世因果」「業報」と考え、過去と未来を相対化させないためには、過去は「業」として間違いなく存在するし、未来は「希望」として確かに存在するとしなければならないという考え方である。ただ、気をつけるべきは、古来「業」と言えば、「これあるが故に彼あり、彼あるが故にこれあり」とする縁起の理法と、輪廻転生のなかで人間が重ねた行いが時間の流れの中で彼の運命を決定すると見る因果応報観が、「理法」として伝承され続けた事実である。これは「縁起」と「因果応報」が、「理法」として、実在論に転落する原因であった。したがって、四二歳の道元はこれを厳しく批判し、

この十二因縁を修行するに、過去・現在・未来に因縁せしめて、能観・所観を論ずといへども、一一の因縁を挙して参究するに、すなはち総不要輪転なり、総不要因縁なり。（「仏教」『全集』第一巻、三八五頁）

とした。晩年「三世因果」をいうことであえて「業」を強調し、道徳的教訓の陳腐な日常性に堕する危険を冒してい

ると受け取られかねないけれども、その「三世」はけっして実体ではなかったから、これによってこれまでみた『正法眼蔵』の思想が根本的に変わったわけではない。

（五）全機現としての生死

大乗仏教においては、もともと一切のものが空であり、それ自体独立した固有の性質をもたず、したがって生滅変化を超えているという事実を受け入れることを、「生死無し」と解し、「生死不二」の門に入ることであるとした。『大乗起信論』では、変化生滅の現実相（生滅門）においてこの「生死不二」の永遠相（真如門）をつかむことが大切であり、さらにその「生死不二」の涅槃界から再び生死二の現実界に戻り、現実の生死の真っ只中に永遠、絶対を感得するとした。さらに、天台本覚の思想に至っては、生死無常の根本あるいは背景として不動の涅槃常住があるのではなくて、生死無常の当処そのまま涅槃常住であると説き、生死無常の実存的現実のみならず、無明煩悩の日常的現実までもそのまま肯定してしまう。ここでは原始仏教のもっていた生死相対の突破超越という鋭い批判精神は失われている。元来大乗仏教の「生死即涅槃」は生死や煩悩を手放しで肯定するものではなく、生死はあくまで超えられるべきものであった。したがって、このような「生死常住説」、つまり、「無常は無常ながら常住」とするのは「生死」の思想的意味が大きく変質したものといわねばならない。このような本覚思想の極めて現実肯定的な生死観に対して、『正法眼蔵』がそれを否定したことはいうまでもない。

以上のような生死観の移り変わりは、『正法眼蔵』とどうかかわるのだろうか。原始仏教がそうであったように、道元も死を見つめることを出発点とし、人間が死への存在であることを自覚して、それを克服する過程において、生と死の相対性を超越しようとしたのはもちろんであるが、問題は、大乗仏教以後、生と死が一元化され、「生死即涅槃」「煩悩即涅槃」として、生死の現実が絶対的に肯定されていく状況をどう見たかということである。

たしかに、『正法眼蔵』にも「生死はすなはち涅槃なり、と覚了すべし」（辦道話）という表現がみえ、大乗仏教の思想を承けていることはまちがいない。しかし、これは身体は滅びても心は常住不変とする身滅心常説に対して、身心一如、性相不二をいうことによって、生死の一元性を主張しようとしたのであって、天台本覚の「生死常住説」のように、生死や煩悩をそのまま肯定するものでなかったことはいうまでもない。それは、「本覚思想」をどう規定するかという難しい問題を含んでいるとはいうものの、少なくとも安易な現実肯定の原理としての「本覚」に対する批判的な目をもつものであったことだけは否定できない。これが大きく違うところである。

道元は、まったく自己同一的な一つの不変の真理や悟りがあり、それを行によって悟り、ことばによって表現すると見たのではなかった。現象の奥に現象とは区別された何ものかを認めるのではなく、現象をおいて本質はないと考えている。そして、それは、「修行には完成がないが、出発点が実は完成だという見方」にもなるのである。

生より死にうつる、と心うるは、これ、あやまりなり。生は、ひとときのくらゐにて、すでにさきありのちあり。故に仏法の中には、生すなはち不生、といふ。滅も、ひとときのくらゐにて、又さきあり、のちあり。これによりて、滅すなはち不滅、といふ。生といふときには、生よりほかにものなく、滅というときには、滅のほかにものなし。かるがゆゑに、生、きたらばただこれ生、滅、来らばこれ滅にむかひて、つかふべしといふことなかれ、ねがふことなかれ。（「生死」『全集』第二巻、五二八頁）

生と死のあり方について、生から死へ移ると考えるのは間違っている。生も死も、ひとときのあり方であって、生の時には生の外には何もなく、死の時には死の外には何もないという見方が示される。また、生死の外に仏はないとしながら、決してその生死にとらわれないとする考え方である。生死を厭いもしなければ、願いもしない、そのときこだわるべき生死はどこにもない。生きたらばこれ生、滅きたらばこれ滅にむかう他は何もないというのである。

現成これ生なり、生これ現成なり。その現成のとき、生の全現成にあらずといふことなし、死の全現成にあらずといふことなし。

この機関、よく生ならしめ、よく死ならしむ。この機関の現成する正当恁麼時、かならずしも大にあらず、かならずしも小にあらず。偏界にあらず、局量にあらず。長遠にあらず、短促にあらず。いまの生は、この機関にあり、この機関は、いまの生にあり。

生は来にあらず、生は去にあらず。生は現にあらず、生は成にあらざるなり。しかあれども、生は全機現なり、死は全機現なり。しるべし、自己に無量の法あるなかに、生あり、死あるなり。（「全機」『全集』第一巻、二五九頁）

生も生を透脱し、死も死を透脱し、生死を捨てると同時に、生死を救う、そこに設定されたのが「機関」という概念である。

生の時は生のすべてが現れ尽くしており、死の時は死のすべてが現れ尽くしているという。それは、生と死のからくりともいうべき「機関」が生を生ならしめ、死を死ならしめているからである。この「機関」が成就するまさにそのとき、生ははたらきの全体が現れるのであり、死もまたはたらきの全体が実現する。

生は死をさまたげず、死は生をさまたげないが、一つの尽大地尽虚空が、ある時には生、ある時には死に対応することはない。すべては自由自在なるはたらきの全体として現れ、そこに生も死もあるという。

「私」が「いま」「ここ」にいるというとき、すべての大地・虚空のみならず、過去・現在・未来を通じたすべての時に生きているということになる。まさにそれこそが「私」の生を生ならしめ、「私」の死を死ならしめるもの、すなわちここにいう「私」の生と死の「機関」であり、そこに生死のすべては表し尽くされているから、そこにはあえて生の時といい、死の時という必要もないのである。

おわりに

『正法眼蔵』における「時」を問おうとするとき、問うべき対象が他ならぬ「私」の生であり、「私」の死でしかありえないという意味において、存在そのものを主体的に問わざるを得ない。ここにいう存在は、生死という自己の根本的危機を徹底的に格闘することなしにはその何たるかをつかむことができない。また、そこでは生死は徹底して現象ととらえられており、その背後に実体的原理をたてない。したがって、「悉有は仏性なり」という『正法眼蔵』のことばは、「諸法は空である」という主体的な自己否定に裏付けられたものと見なければ、そのラディカリズムを見落すことになる。仏性とは「無常仏性」であり、徹底的な自己否定性のうちにあるものである。そういう意味で、『正法眼蔵』のもつ独自性は、「無我」を問いなおし、仏教の本質的無常をもっとも鮮烈に呼び戻したことにある。その「無常」を確認するところは、「而今」「当処」をおいて他にはあり得ない。そこに「無我」の絶対性があり、禅の主張する主体性もある。

注

(1) 「不変の心体をいう、すなわち如来蔵心自性清浄心なり」(『織田得能仏教大辞典』、名著普及会、一九三〇)。

(2) サンスクリット原語の直接の意味は、「あるがままなこと」。事物を支える真理(dharma. 法)を表現したもの。『大乗起信論』では、永遠不動の真理(不変真如)と生滅の現実にしたがって生成する真理(随縁真如)の二種を立て、永遠相と現実相の関係付けに努めた(『岩波仏教辞典』)。

(3) 大乗経典では、『般若経』をはじめ、『法華経』『維摩経』等々、多くの経典に自性清浄心が客塵によって汚れているという教説がみられ、ほとんど大乗の根本的見方の一つといってよい(平川彰『初期大乗仏教の研究』春秋社、一九六六、二〇〇〜二一七頁。)

(4) 寺田透・水野弥穂子校注『日本思想大系⑬道元下』岩波書店、一二頁頭注参照。

(5) これは正確には、『涅槃経』からのそのままの引用ではなく、『聯燈会要七』にある、『涅槃経』にもとづいた百丈の語に、さらに道元が筆を加えたものである。

（6）「有時」は、その内的構造において、常に、こういう二重性をもつ。

（7）これについて、田辺元『正法眼蔵の哲学私観』は「時における相対と絶対との媒介相即と明示する。時の非連続的様態としての有時は、すなはちその絶対否定的肯定に於て尽時の永遠に通ずるのである」というが、道元の場合は静的な意味の永遠とは違う。

（8）増永霊鳳『仏教における時間論』（山喜房佛書林、一九六六、二六頁）

（9）唐木順三『無常』（筑摩書房、一九六五、三一二頁）は、このことを「一切をつらぬきながら、その正体を客観的にはつかめない起と、一切の尽界尽有をつくしつつむ有とが、「而今」という「時」において出会う。時間の縦の線と、横の線が、「而今」において交わる」というが、理由もなく起こり理由もなく滅する、徹底して無根拠でしかあり得ない「無常性を有がつつむことによって、無色無味の時間が荘厳化される」というふうにとらえるならば、それは安易な自己の肯定化につながってしまうのではないかということに注意しなければならない。

二、正法眼蔵の身心論

はじめに

身体と心はどのように影響し合うか、それを正確に述べるにはどうしたらよいかを探求する哲学上の問題を、ふつう心身問題という。心と身体という異なる秩序をもつ領域間の関係をどうとらえるかという問題である。

これについて、基本的には四つの立場が考えられる。①二種類の実体を承認して作用を求める立場、②身体のはたらきから心が生じるとする立場、③心が身体を構成するとする立場、④両者はある根源的な何かから派生するとする立場である。現代思想の世界では、これまで、デカルトが心と身体を根本的に異なる実体として以来の心身二元論をいかにのりこえるかをめぐって、さまざまな批判が試みられてきた。しかし、心とか身体とかいう概念それ自体、けっして自明のものではない。現代の問題設定としては、「心あるいは身体とは何か」を問うことにあるとすることもできる。

一三世紀という時代に生きた道元は、この心身問題についてどう考えたのだろうか。端的に言えば、道元は心身一元論を展開した。現代のわれわれからみると、わかりにくい思想であるが、[1]身心一如ということばにもみられるとおり、そこには身体性の重視がある。身体が先で心が後にくる。それは、「本覚思想」という唯心論に対する批判にもなっている。しかし、身と心と並べられはするが、それらは一元化される道筋になっている。そこには時代背景もあるし、先行思想もある。いずれにしても現代のわれわれが心と身体について考える上で、大切なことを語っていることは間違いない、と私は思う。

本稿では、「身と心わくことなし」（辨道話）といわれ、「心のちからにあらず身のちからにあらず」（道得）といわれる「身心」が、『正法眼蔵』の中でもつ意味について、現代の身体論の成果にも触れながら考えてみたい。

(一)　身心とは何か

①　身と心

身心は一般的に考えると「肉体」と「精神」ということになるが、五蘊にあてはめると、身は色蘊で、心は受・想・行・識の四蘊である。[2]今日の科学的な見方では、心は脳の所産とする見方が有力だが、仏教には色法が心法を生むという見方はない。唯識思想がそうであるように、識にすべてを還元することで身体的要素を心的現象に解消しようとする傾向がある。しかし、密教の即身成仏や天台の止観にもみられるように、一概に身体性を軽視しているというわけではない。禅においても身心一如とする立場から、この身と心を二元的に別個の実体とはみないで、あくまでも一つのことの両面とみなす。身は心の身であり、心は身の心であるとする。『正法眼蔵』においても、「身はかならず心に遍ず、心はかならず身に遍ずるゆゑに身心遍といふ」(授記)とあるように、[3]実体としてはみない「身心」をその根本とする立場をとる。[4]したがって、次のような表現もそれを前提としている。

仏道を学習するに、しばらくふたつあり。いはゆる心をもて学し、身をもて学するなり。心をもて学するとは、あらゆる諸心をもて学するなり。その諸心といふは、質多心・汗栗駄心・矣栗駄心等なり。また、感応道交して、菩提心をおこしてのち、仏祖の大道に帰依し、発菩提心の行李を習学するなり。たとひいまだ真実の菩提心おこらずといふとも、さきに菩提心をおこせりし仏祖の法をならふべし。これ発菩提心なり、[5]赤心片片なり、古仏心なり、平常心なり、三界一心なり。(「身心学道」『全集』第一巻、四五頁)

道元は、仏道修行のありようを仮に二つに分けて考えようとする。つまり、「いはゆる心をもて学し、身をもて学する」という。ここではあくまでも、「しばらく」とことわった上で、二つの場合を想定する。それは、「いはゆる心をもて」「(いはゆる)身をもて」学ぶというありようなのだが、まず「いはゆる心(身)」であって、「心」というもの、「身」というものを別々に固定して考えているわけではない。「いはゆる心」「(いはゆる)身」があるだけであり、「心」の面から見れば「すべては心」であって「心」以外の何物もなく、「身」の面から見れば「すべては身」であって、「身」以外の何物もない。「心をもて」「身をもて」というのも、「心」「身」というものによって、あるいはそれを手段として学ぶわけではないことに注意しなければならない。これは、そもそも実体としては存在しない「心」とは何か、「身」とは何かを、便宜上さまざまな局面から明らかにしようとしているのであり、そのこと自体が仏道を学ぶことであり、修行であることになるのである。ここにいう「心」は、われわれが常識的に考える「心」ではない。

しばらく山河大地・日月星辰、これ心なり。この正当恁麼時、いかなる保任か現前する。山河大地といふは、山河はたとへば山水なり、大地は此所のみにあらず。山もおほかるべし、大須弥・小須弥あり。横に処せるあり、竪に処せるあり。三千界あり、無量国あり。色にかかるあり、空にかかるあり。河もさらにおほかるべし、天河あり、地河あり、四大河あり、無熱池あり。北倶盧州には四阿耨達池あり、海あり、池あり。地はかならずしも土にあらず、土はかならずしも地にあらず。土地もあるべし、心地もあるべし、宝地もあるべし。万般なりといふとも、地なかるべからず、空を地とせる世界もあるべきなり。（「身心学道」同、四六頁）

ここでは、山河大地、日月星辰がすなわち心であると気づいたときの心のありようを問題にしている。それぞれがみな心であり、世界である。心はいったい内にあるのか外にあるのか、来るのか去るのか、心が生まれるとき一点を増すのか増さないのか、心が死ぬとき一塵を減ずるのか減じないのか、これらは「心の一念二念」であり、一つ一つの山河大地であり、それを学ぶのである。

身学道といふは、身にて学道するなり。赤肉団の学道なり、身は学道よりきたり、学道よりきたれるは、ともに身なり。尽十方界是箇真実人体なり。生死去来真実人体なり。この身体をめぐらして、十悪をはなれ、八戒をたもち、三宝に帰依して捨家出家する、真実の学道なり。（「身心学道」同、四九頁）

この巻の重心はこの「身学道」にある。それというのも、七五巻本の場合、普遍的本質ないしは理念的真理の面を説く巻第三「仏性」と巻第五「即心是仏」の中間にあって、具体的実践的な面を説くのがこの巻第四「身心学道」だからである。(6)

ここでも、けっして「身」によって学ぶとはいっていない。「身にて学道する」とは「赤肉団の学道」すなわち、この生身のままの学道である。この身は心の身であり、世界そのものである。心は身の心であり、吾我を超えている。これを「尽十方界真実人体」といい、全世界がそのまま真実の身体であると学することが身心学道である。身心学道とは、身心によって仏道を学することではなく、身心がすなわち「尽十方界真実人体」であると学することである。

「祇管打坐」という場合、身体でただただ坐りぬくのであるから、身体で学ぶのであり、さらに、身体が意識の活動や感官のはたらきを超えてしまうというふうにとらえることもできる。吾我にとらわれないその身体は環境世界をも含んで豊かである。そのとき人間は身体であるのみならず、人間がそこにいる世界もまた身体である。この身体が、自分の身体でありながらそれ以上の広がりをもつという点で、それを現代の身体論、たとえば小浜逸郎『エロス身体論』（平凡社、二〇〇四）に重ねてみれば、「私は私と区別される身体をもち、しかるのちにそれを道具のように使いこなす」のではなく、「私自身が身体であり、私はその身体としての私を肉体がもつ物理的な外延よりも広い範囲につねに拡張しようとする開かれた志向性のうちにある」（五四頁）ということになる。また、斎藤慶典『フッサール　起源への哲学』（講談社、二〇〇二）によれば、「私の身体は地球大の規模での物質的循環の中に完全に埋め込まれており、この観点から見るならば、いったいどこまでが私でどこからがそうでないと簡単に言うことはできない。また全体としての物質の交換と循環を一瞬たりとも押しとどめることはできない以上、そのうちのどれが私の身体に属しどれがそうでないかを言うことは、それ自体としてはほとんど何の意味もないと言ってよい。…このように見れば、私の身体は、それを「現象するもの」のレヴェルで捉えても、すでに世界の全体に及んでいる」（一八三頁）。しかし、道元の場合、単にそのような身体的事実性を重視した身体一元論ではない。[7]

②　身心依正

生といふは、たとへば人のふねにのれるときのごとし。このふねは、われ帆をつかひ、われかぢをとれり、われさほをさすといへどもふねわれをのせて、ふねのほかにわれなし。われふねにのりてこのふねをもふねならしむ。この正当恁麼時を功夫参学すべし。この正当恁麼時は舟の世界にあらざることなし。天も水も岸もみな舟の時節となれり、さらに舟にあらざる時節とおなじからず。このゆゑに生はわが生ぜしむるなり、われをば生のわれならしむるなり。舟にのれるには、身心依正ともに舟の機関なり、尽大地尽虚空ともに舟の機関なり。生なるわれ、われなる生、それかくのごとし。(「全機」『全集』第一巻、二六〇頁)

生とはたとえば人が舟に乗っているようなものである。そのとき天も水も岸もすべて舟の時節であり、生とはわたしが生ぜしめているものであるが、また、わたしをわたしならしめているものでもある。舟に乗っているとき、身心依正ともに舟の機関(はたらき)であり、大地全体、虚空全体がいずれも舟の機関である。生とは、全体的なはたらきの現れであるということである。

ここにいう身心依正の「依正」とは、依報と正報のことであり、正報とは衆生の心身、依報とは依報たる衆生の心身のよりどころとなる環境世界をいう。衆生と国土どちらも過去の行為の報いとして受けたものであるということから、依報・正報といわれる。中国天台宗第六祖湛然は、その著『法華玄義釈籤』において十不二門をたて、その第六に依正不二門を説いた(8)。依正不二とは、主体たる正報とそのよりどころたる依報とが一体不二の関係にあることをいう。「行持によりて依正身心あり、行持によりて四大五蘊あり」(行持、上)とあり、道元もそれを当然念頭に置いていると思われるが、舟の機関にみられるように、その世界のとらえ方に独自性がある。

古仏いはく、一心一切法、一切法一心。しかあれば、心は一切法なり、一切法は心なり。心は月なるがゆゑに、月は月なるべし。心なる一切法、これことごとく月なるがゆゑに、遍界は遍月なり、通身ことごとく通月なり。たとひ直須万年の前後三三、いづれか月にあらざらん。いまの身心依正なる日面仏、月面仏、おなじく月中なるべし。生死去来ともに月にあり、尽十方界は月中の上下左右なるべし。いまの日用すなはち月中明明百草頭なり、月中の明明祖師心なり。(「都機」『全集』第一巻、二六四頁)

古仏がいうに、「一心一切法、一切法一心」と。すなわち、心はそのまま一切の存在であり、一切の存在はそのまま心である。心は月であるから、月はそのまま月である。心であるところのいっさいの存在はことごとく月であるから、世界全体（遍界）は月全体（遍月）である。全身（通身）ことごとく全月（通月）である。たとい一瞬でも万年でも、何から何までえらぶことなく、月でないものはなかろう。今の身心・環境がそのままさまざまな諸仏であるが、同じようにそれも月の中のことである。生死去来の現実世界もともに月の中にある。十方を尽くした全世界は、月の中の上下左右にほかならない。

心的なものと身体的なものとがことごとく月＝都機であると道元はいう。すでに「全機」の巻において生も死もすべてのものが全機関現成であり、あらゆるはたらきの現実化されたもの、あらゆるはたらきを現実化したものとして「全機」があったのであるが、全機の「全」、全部、完全、欠けるところのないというのと同じ意味が「都」という文字にはある。都機は全機と同義のニュアンスをもつ表現である。全機の中で抽象的に論じられたものが、ここでは月を通して語られる。すべては明らかに存在する。しかし、実体としては存在しない。「摑えようと思えば掌から逃げる。しかも太陽の光のように熱があるわけでもない。しかし明るくて闇の中にあるものを眼に見えるものにする力がある。そういう輝き実在しながら無でもあるようなもの」（寺田透『正法眼蔵を読む』法蔵館、一九九七、一五八頁）として月はとらえられる。その上で、「いまの身心依正なる日面仏、月面仏、おなじく月中なるべし」という。人間の全現実、衆生のなすあらゆる変化の相すべては、月にある。全世界、存在のすべては月の中にあるという。仏道、仏法、仏もその例外ではない。身心・環境がそのまま諸仏であり、月であるという立場からみるならば、なるほど身心一如というのもうなずかれる。

③　身心一如

身心一如ということば自体は、『正法眼蔵』のなかでは、比較的早い時期に数回見られだけである。

しるべし、仏法にはもとより身心一如にして性相不二なりと談ずる、西天東地おなじくしれるところ、あへてたがふべからず。いはんや常住を談ずる門には、万法みな常住なり、身と心をわくことなし。寂滅を談ずる門には、諸法みな寂滅なり、性と相をわくことなし。しかあるを、なんぞ身滅心常といはん、正理にそむかざらんや。しかのみならず、生死はすなはち涅槃なりと覚了すべし、いまだ生死のほかに涅槃を談ずることなし。いはんや心は身をはなれて常住なりと領解するをもて、生死をはなれたる仏智に妄計すといふとも、この領解知覚の心は、すなはちなほ生滅して、またく常住ならず。これはかなきにあらずや。

賞観すべし、身心一如のむねは、仏法のつねに談ずるところなり。しかあるに、なんぞこの身の生滅せんとき、心ひとり身をはなれて生滅せざらん。もし一如なるときあり、一如ならぬときあらば、仏説おのづから虚妄になりぬべし。又生死はのぞくべき法ぞとおもへるは仏法をいとふつみとなる、つつしまざらんや。（「辦道話」『全集』第一巻、四七三頁）

ここでは、仏法の説くところは「身心一如」「性相不二」「生死涅槃」であるとして、「心」「性」「涅槃」の側からの救いを求めるあり方を批判する。身と心は一つであるときもあり一つでないときもあるというならば、仏説はおのずから虚妄となるであろうし、生死は迷いであるから除かねばならぬと思うのは、生死そのものが涅槃であることを忘れた考え方で、仏法そのものを厭うことになるという。

あくまでも、具体的な身体として生き死ぬ世界そのものを真実のすがたとして見る。[9]そもそも、道元がこの語を使用する背景には、南陽慧忠（六祖慧能の法嗣　?～七七五）の「身心一如心外無餘。所以全不生滅。汝南方身是無常神性是常。所以半生半滅半不生滅。」（『景徳伝燈録』巻二八、大正大蔵経五一、四三八頁、下）ということばがある。南方から来た一人の僧が「身の中に神性があり、身が壊れるとき神性が去る」というのに対して、南陽慧忠は

「身心一如心外無餘」（身と心が一如であるとき、心は、身の外によけいなものは何一つない）と答える。また、この問答の中で僧が「古仏心とは何か」と問うたのに対して「牆壁瓦礫」と答えている。これは、古仏心が「牆壁瓦礫」であるというのではない。また、「牆壁瓦礫」をさして古仏心であるというのでもない。ただ「牆壁瓦礫」、それだけである。垣は垣だけ、壁は壁だけ、身は身だけ、すなわち、古仏心である。古仏心とはこのように学ぶべきであるというのである。

しづかにおもふべし、一生いくばくにあらず、仏祖の語句たとひ三三両両なりとも道得せんは、仏祖を道得せるならん。ゆゑはいかん。仏祖は身心如一なるがゆゑに、一句両句、みな仏祖のあたたかなる身心なり。かの身心きたりてわが身心を道得す。正当道取時これ道得きたりてわが身心を道取するなり。此生道取累生身心なるべし。かるがゆゑにほとけとなり、祖となるに、仏をこえ祖をこゆるなり。三三両両の行持の句、それかくのごとし。いたづらなる声色の名利に馳騁することなかれ、馳騁せざれば仏祖単伝の行持なるべし。すすむらくは、大隠小隠一箇半箇なりとも、万事万縁をなげすてて、行持を仏祖に行持すべし。（「行持、下」『全集』第一巻、二〇二頁）

静かに思うべきである。この一生はいくばくもない。たとい仏祖のことばを学ぶのがわずかに二三句であっても、それにうなずいていい得たならば、仏祖そのものをいい得たことになる。それはどういうわけかといえば、仏祖は身心一体であるから、仏祖の発言した一句二句は、みな仏祖のあたたかな身心である。その身心が顕わになってわたしの身心となり、このように納得していい得たからである。

まさしく領いていい得るとき、その仏祖の発言がわたしの身心にまで来て私の身心をしていわしめるのである。今生において、これまで幾世も幾世も生をかさねてきたこの身をしていわしめることになる。それだからこそ、仏となり祖となりながらさらに仏を超え祖をこえて行じていくのである。

『正法眼蔵』において「行」とは何であり、「道得」とは何であるかが問題になるが、[10] ここでは「道得」が「あたたかなる身心」であると語られている。身心が一つであるというところから生まれることばが真実そのものであり、実在そのものであるということになるのである。

(二)　身心脱落について

入宋求法して天童如浄に参じた道元は、師の「参禅はすべからく身心脱落なるべし」の言によって悟道したといわれる。しかし、如浄の語録にはこの語が見られず、実際に如浄がそのように語ったのかどうかをめぐって議論がある。それではその「身心脱落」とはどういうことであり、「脱落」の「身心」とは何であるかについて考えてみたい。

道元が如浄のもとで折々に参問した記録である『宝慶記』は、次のようになっている。

堂頭和尚示曰、参禅者身心脱落也、不用焼香、礼拝、念仏、修懺、看経、祇管打坐而已。

拝問。身心脱落者何。

堂頭和尚示曰、身心脱落者参禅也。祇管打坐時、離五欲、除五蓋也。（池田魯参『宝慶記　道元の入宋求法ノート』大東出版、一九九六、一五九頁）

ここでは、「身心脱落とは何ぞや」という道元の問いに対して、如浄は、「身心脱落とは坐禅なり、ひたすら坐禅するとき、五欲（色欲、声欲、香欲、味欲、触欲）を離れ、五蓋（貪欲蓋、瞋恚蓋、睡眠蓋、悼悔蓋、疑蓋）を除く」と答えている。

ところが、『如浄録』には「心塵脱落」の語はみえるが、「身心脱落」の語はないので、これは道元の聞き違いか、そうでなければ誤解だろうという推察もできる。「心塵」ならば「五欲を除く云々」にぴったりである。五欲や五蓋とよばれるいわゆる煩悩が心に積もる塵であるということは、インド以来の仏教の伝統的理解である。「自性清浄心、客塵煩悩染」といい、人間の心は生まれながら本来清浄であるが、たまたま偶発的に外からとりついた塵のごとき煩悩によって汚されているという考え方である。(11)身心不二をいう道元の立場からすると、「心塵脱落」よりも「身心脱落」というほうがふさわしい。これがことばの上での誤解であったとしたら、結果としてたいへん意味のある誤解であったことになる。しかし、この「身心脱落」の体験について道元自身は具体的に書き記していない。次のような箇所があるのみである。

道元大宋宝慶元年乙酉五月一日、はじめて先師天童古仏を礼拝面授す。やや堂奥を聴許せらる。わづかに身心を脱落するに、面授を保任することありて日本国に本来せり。(「面授」『全集』第二巻、六〇頁)

「拈華微笑」の故事があるように、面授とは、弟子が師に直接面謁して正法の真髄を授かり、師は弟子がそれを受けることを確認することである。こうして帰国した道元が自分の考える仏法の基本的立場を説いたのが九五巻本の最初に置かれる「辦道話」である。「打坐して身心脱落することをえよ」というスローガンを掲げた上で、次のようにいう。

もし人、一時なりといふとも、三業の仏印に標し、三昧に端坐するとき、遍法界みな仏印となり、尽虚空ことごとくさとりとなる。ゆゑに、諸仏如来をしては本地の法楽をまし、覚道の荘厳をあらたにす。および十方法界三途六道の群類、みなともに一時に身心明浄にして大解脱地を証し、本来面目現ずるとき、諸法みな正覚を証会し、万物ともに仏身を使用して、すみやかに証会の辺際を一超して覚樹王に端坐し、一時に無等等の大法輪を転じ、究竟無為の深般若を開演す。

これらの等正覚、さらにかへりてしたしくあひ冥資するみちかよふがゆゑに、この坐禅人、確爾として身心脱落し従来雑穢の知覚思量を截断して天真の仏法に証会し、あまねく微塵際そこばくの諸仏如来の道場ごとに仏事を助発し、ひろく仏向

上の機にかうぶらしめて、よく仏向上の法を激揚す。（「辦道話」『全集』第二巻、四六二頁）

たといひとときであっても坐禅して、身・口・意ののすべてのはたらきを仏に打ちまかせて仏によって裏打ちされ、自受用三昧に端坐するとき、全世界がみな仏の印づけとなり、虚空全体がことごとく悟りとなる。これによって諸仏ならびに全宇宙の衆生がみな悟りを開き、仏のはたらきを示すという。

こうした万物の悟りが、さらにわが身にかえってきて、たがいに深々と通じ合うものであるから、ついにはこの坐禅の人は、たしかに身心脱落する。このとき全宇宙の土地、草木等あらゆる無情が仏のはたらきを表し、その影響で次々とすべてものが連鎖的に仏のはたらきを表し出す。しかしこのことはすべて「静中の無造作」すなわち坐禅中の主観・客観の対立を超えた世界のできごとであって、当人の知覚で知れることではない。この自他相即性が自己と万法との感応道交といわれるものであり、「有情非情同時成道」につながる。一人の悟りは全大地の悟りになる。坐禅辦道が利他行といわれるのはそれゆえである。この一人一時の坐禅のすがたが身心脱落であるということになる。心も身体も実体と思われていたものがすっぽりと抜け落ちることで、一人の身体が四方八方に広がり、はたらきの世界となり、はたらきの場となる。「尽十方界、沙門全身」「沙門全身なる尽十方界」（十方）という長沙景岑（南泉普願の法嗣）のことば[12]が好んで取り上げられるゆえんである。沙門の身体は頭の頂や眼の玉、鼻の孔や皮肉骨髄そのことごとくが十方世界を透徹しているのだから、ここでは思慮分別のいとまもなく十方世界全体そのまま、沙門の身体であることが実現しているのである。

自己をはこびて万法を修証するを迷とす、万法すすみて自己を修証するはさとりなり。迷を大悟するは諸仏なり、悟に大迷するは衆生なり。さらに悟上に得悟する漢あり、迷中に又迷の漢あり。

諸仏のまさしく諸仏なるときは、自己は諸仏なりと覚知することをもちゐず。しかあれども証仏なり、仏を証しもてゆく。身心を挙して色を見取し、身心を挙して声を聴取するにしたしく会取すれども、かがみに影をやどすがごとくにあらず。水と月のごとくにあらず、一方を証するときは一方はくらし。仏道をならふといふは、自己をならふ也。自己をならふといふは、自己をわするるなり。自己をわするるといふは、万法に証せらるるなり。万法に証せらるるといふは、自己の身心および他己の身心をして脱落せしむるなり。悟迹の休歇なるあり、休歇なる悟迹を長長出ならしむ。人はじめて法をもとむるとき、はるかに法の辺際を離却せり。法すでにおのれに正法するとき、すみやかに本分人なり。(「現成公案」『全集』第一巻、二頁)

自己が主体となってすべての存在を実証するのが迷いである。逆にすべての存在が深まって、その中で自己が実証されるのが悟りである。迷を大悟するのが諸仏であり、悟りのなかにありながら迷っているのが衆生である。さらに悟った上にも悟り抜いていく人もあり、迷いのなかに迷いを重ねていく人もあるという。

諸仏がまさしく諸仏であるときは自己は諸仏であるという意識はない。しかしながら、悟っていく仏である。だから仏を悟っていくのである。身心をかたむけて色に見入り、身心をかたむけて声に聞き惚れるときに、じぶんではよく会得しているのであるが、しかし、それは鏡に影が宿り、また水に月が映るようにはいかない。一方を実証するときは、ただ一方だけであって他方は見えない。

仏道を習うということは、自己を習うということである。自己を習うということは、自己を忘れることである。自己を忘れるということは、すべての存在に実証されることである。すべての存在に実証されるということは、自己の身心も他己の身心も脱落し果てることである。そこには悟りの痕跡もとどめない。しかも痕跡もない悟りが、そこからも抜け出していくのである。

『正法眼蔵』では、「祗管打坐」とはすなわち身心脱落であるとして、「遍参はただ祗管打坐、脱落身心なり」(遍参)、「弄精魂とは祗管打坐、脱落身心なり」(優曇華)のようにいう。この身心脱落とは道元が如浄のもとで体験した一回性のできごとではない(13)。その身心脱落は証悟の一つのすがたであるにすぎず、そのあとさらにたえざる身心脱落がある。「悟上に得悟する」とはそういうことであり、そこには行がある。身心は自己（他己）の身心であるから、「自己をならふ」ことによって身心＝自己とは何かを明らかにしえた自己が、その身心を身心と覚知しないまでに、身心がすっぽりと抜け落ちるところが「万法に証せらるる」ところなのである。そこには跡の見えない証悟があるという。自己を忘れ、身心を脱落し、「万法」つまりすべての存在と一体となるとき、もはや自他へのこだわりもなく、世界そのものが証悟になりきっている。しかしそれで終わるのではなく、そこからさらに仏向上の行があるのである。身心脱落とはこのようなものである。

(三)　身心の諸相

すでに明らかになったように、身心脱落、脱落身心とは吾我としての身心を脱落するだけでなく、仏向上の道へと超え出ることによって、身心そのものがそのはたらきを十分に生かしていくことでもある。そのとき、自己を一つの枠としてそのなかに止まり続けるのではなく、開かれた世界への往来を許されるような身心が、仏法の身心、仏道の身心と呼ばれるものである。

いはゆる、恁麼事をえんとおもふは、すべからくこれ恁麼人なるべし。すでにこれ恁麼人なり、なんぞ恁麼事をうれえん。この宗旨は、直趣無上菩提、しばらくこれを恁麼といふ。この無上菩提のていたらくは、すなはち尽十方界も無上菩提の少許なり、さらに菩提の尽界よりもあまるべし。われらも、かの尽十方界の中にあらゆる調度なり。なにによりてか恁麼あるとしる。いはゆる、身心ともに尽界にあらはれて、われにあらざるゆゑに、しかあるとしるなり。(「恁麼」『全集』第一巻、二〇三頁)

「恁麼事を得ようと思うならば当然ながら恁麼人たるべきである。すでに恁麼人である。どうして恁麼事を案ずることがあろうか」という祖師のことばの趣旨を説明していう。「まっしぐらに究極の悟りに到る」ということをまず恁麼ということばで表すのである。この究極の悟りのありさまというのは、たとえば十方にわたる宇宙もこの悟りにくらべると小さなものにすぎない。だから、悟りは全宇宙よりもなお大きいことになる。われわれ自身もまた、かの宇宙のなかのさまざまなすがたである。そうしたなかでどうして恁麼があると知ることができるだろうか。それは私の身心がいずれも宇宙の中に現れながら、しかも私のものでないから、なるほど恁麼になっていると知ることができるのである。

しかあれば、発心、修行、菩提、涅槃は同時の発心、修行、菩提、涅槃なるべし。仏道の身心は草木瓦礫なり、風雨水火なり。これをめぐらして仏道ならしむる、すなはち発心なり。虚空を撮得して造塔造仏すべし、渓水を掬啗して造仏造塔すべし、これ発阿耨多羅三藐三菩提なり。一発菩提心を百千万発するなり、修証もまたかくのごとし。

しかあるに発心は一発にしてさらに発心せず、修行は無量なり、証果は一証なり、とのみきくは、仏法をきくにあらず、仏法をしれるにあらず、仏法にあふにあらず。千億発の発心はさだめて一発心の発なり、千億人の発心は一発心の発なり、一発心は千億の発心なり。修証転法もまたかくのごとし。草木等にあらずは、いかでか身心あらん、身心にあらずは、いかでか草木あらん、草木にあらずは、草木にあらざるがゆゑにかくのごとし。(「発菩提心」『全集』第二巻、一六四頁)

仏道の身心とは、草木であり、瓦礫であり、雨風であり、水火である。そうしたものをめぐらして仏道とすることがすなわち発心なのである。ひとたび発心を起こせば、数限りなく発心し続けることになる。修し証することもまた同様。

それなのに、発心は一度だけ起こって、再び起こることはない、修行は無量であるが仏果を証することは一度だけと聞いているものは、仏法を聞いたことにならない。無数の人の発心もただ一人の発心から起こっている。草木が草木としてなければどうして身心があろうか。身心が身心でなければどうして草木があろうかというのである。

このように、仏道の身心は、さまざまなすがたをとって現れる。ときには、衣であり、経巻であり、鉢盂である。

二千余年よりこのかた、信行、法行の諸機、ともに随仏学者、みな袈裟を護持して身心とせるものなり。（「伝衣」『全集』第一巻、三五六頁）

知識はかならず経巻を通利す。通利すといふは、経巻を国土とし経巻を身心とす、経巻を為他の施設とせり、経巻を坐臥経行とせり、…（「仏経」『全集』第二巻、一四頁）

仏祖を参学する皮肉骨髄、拳頭眼睛、おのおの道取あり。いはゆる、あるひは鉢盂はこれ仏祖の身心なりと参学するあり、…（「鉢盂」同、二一三頁）

また、「而今の山水は、古仏の道現成」といい、山は山、水は水として表すべきものを表し尽くしているとする「山水経」では、芙蓉道楷（一〇四三〜一一一八）の「青山常運歩」について次のようにいう。ここには、山の身心がある。[14]

運歩もし休することあらば、仏祖不出現なり。運歩もし窮極あらば、仏法不到今日ならん。進歩いまだやまず、退歩いまだやまず。進歩のとき退歩に乖向せず、退歩のとき進歩を乖向せず。この功徳を山流とし、流山とす。青山も運歩を参究し、東山も水上行を参学するがゆゑに、この参学は山の参学なり。山の身心をあらためず、やまの面目ながら廻途参学しきたれり。（「山水経」『全集』第一巻、三一七頁）

「もし山の運歩を疑著するは、自己の運歩をもいまだしらざるなり」を受けることばである。「青山」は刹那刹那に歩いているのだが、山中にいる人は自らが青山の運歩であるからそのことに気づかない。念々に青山運歩し、念々に自己が運歩してるからこそ仏祖が出現するのだという。山は流れ、東山が水上行するのを学ぶことによって、自己の身心はすなわち山の身心だとわかるのである。

仏祖のいたるところには、水かならずいたる。水のいたるところには、仏祖かならず現成するなり。これによりて、仏祖かならず水を拈じて身心とし、思量とせり。しかあればすなはち、水はかみにのぼらずといふは、内外の典籍にあらず。水之道は、上下縦横に通達するなり。(「山水経」同、三三三頁)

水を学ぶとき、一方的な理解に陥っていないか反省してみるべきである。仏道の水は上下縦横到らぬところはないのであって、「水の水を見る参学あり。水の水を修証するゆゑに。水の水を道著する参学あり」というように、身心の内にも外にも縦横無尽に水は流れている。いわば水そのものが身心なのであり、修証なのである。そこには道理としての身心のはたらきがあると、道元はみているのである。

(四) 身心のはたらき

すでに述べたように、「尽十方界是箇真実人体」や「生死去来真実人体」は、身体をもってする修行においては重要な意味を担わされている。

法輪の転処は亘界なり、亘時なり。方域なきにあらず、真実人体なり、いまのなんぢ、いまのわれ、尽十方界真実人体なる人なり。これらを蹉過することなく学道するなり。たとひ三大阿僧祇劫、十三大阿僧祇劫、無量阿僧祇劫までも、捨身受身しもてゆく、かならず学道の時節なる進歩退歩学道なり。(「身心学道」『全集』第一巻、五一頁)

本人が自覚するしないにかかわらず、「なんぢ」も「われ」も「尽十方界真実人体」である「人」にほかならないというわけである。「尽十方といふは逐物為己、逐己為物の未休なり」（一顆明珠）というように、「尽十方」とは、眼前に広がる対象的世界ではない。自己と他者との関わりとしてある世界は、本来物を逐って自己とし、自己を逐って物とする、その止むことのない連続である。限りない客体の主体化と主体の客体化のすがたである。そこには一瞬の休止もない。[15] はたらき以前のはたらきは、いかにうまく差配しようとしても手にあまる。どこかに中心を据えたとしても、「尽十方」のはたらきのなかでは脱中心化していかざるを得ない。しかし、中心が無くなるわけではない。どこでもが中心であり得る。「尽十方界真実人体」としての身心＝自己は固定的、実体的に統一されたものではなく、たえず他とのかかわりにおいて関係をもち続けることによって成り立つ。これを現代の身体論、たとえば市川浩『身体論集成』（岩波書店、二〇〇一）のことばで言えば、「自己組織化する関係的存在としてわれわれ自身をとらえれば、この両義性（主体性＝客体性という両義性）は関係の本質であることが理解されるだろう。自己組織化においては、〈中心化〉は〈関係化〉と同義だからである」（一三〇頁）ということになる。そして、われわれが縁によって生起すること（縁起ないし、依他起性）は、同時にわれわれが縁となって何かを生起させることでもある。受動＝能動という両義性もまた関係あるいは縁起の本質なのである。

「黒山鬼窟の進歩退歩」がわれわれの日常生活であるとしても、道元はこの身心を「尽十方界真実人体」であるとともに「尽十方界是一顆明珠」でもあるとして、次のようにいう。

明珠なりける身心の様子をききしり、あきらめつれば、心これわたくしにあらず。起滅をたれとしてか明珠なり、明珠にあらざると取舎にわづらはん。（「一顆明珠」『全集』第一巻、八一頁）

身心がたとえいかなる状況にあろうとも、それが現にいま存在する縁起的事実として目の前に意味づけられ、開かれていく。開かれているということは、非意味的世界をたえず外にもっているということである。行持を通して刻々に開かれていく世界は、「開放系」である。「開放系」[16]は「系」としては、一方ではつねに組織が壊されつつある系であり、他方ではつねに新たに組織づけられつつあり、したがって組織系であろうとする。そこでは、「進歩退歩学道」があり、誤謬と錯覚にさらされながらつねに新しい意味の世界が求められていくのである。

おわりに

修行という局面からいうならば、一般的に身体を鍛えたり痛めつけたりすることで心が純化されていくとみられやすいが、すでにみたように「心これわたくしにあらず」という立場からいうと、心と身体の間で鍛える鍛えられるという関係がすでに成り立たない。実体的に身体というものを世界から分離していない立場においては、実は身心問題というのは物心関係の一様相ということになるが、このように、主客未分の相に定位するところからは、もはや身心関係そのものが意味をなさない。

『正法眼蔵』においては、「心（のちから）にあらず、身（のちから）にあらず」といわれるように、精神的な実体としての心と物質的な実体としての身体を分けてその関係がどうなっているかを分析的に議論するということはない。「身心」は、いったん身と心に分けられはしても、つねに関係的、統一的に考えられている。[17]ただ、「身心」のはたらきを十分に引き出すためにには「心学道」「身学道」というふうに、二元的な図式に乗せないとわかりにくいところも、当然ある。たとえば、世界とはいっても、色あり、匂いあり、音ありという知覚的に現前する世界であり垣とか壁とかいった具体的なすがたをもった現実であり、それが私の身体でもある。[18]したがって、「身心」を問題にする場合、その現にこうしてあるこの身体をまず考えるけれども、それは感覚的なものも当然含みながらそのまま、縁起として無限の広がりをもつ「尽十方世界」でもある。そして、それはけっして対象的な世界ではない。あえていうならば、心そのものであるような世界である。

「身心」について語ろうとして、心と身体を分けてみたところで、結局、心＝身体であるとしかいいようがないところにたどり着くことになる。『正法眼蔵』の「身心」とはそのようなものである。それはおそらく、多分に修行とつながっており、修行の到達点あるいは目的としていえることなのではなく、修行そのものにおいてそういう「身心」が現実化されるのであろう。

注

（1）養老孟司『日本人の身体観の歴史』（法蔵館、一九九六）には、「身体の思想から見るかぎり、この国の歴史は画然と二つに分かれる。江戸以前と、それ以降と、である。道元の思想は、江戸以前の身体思想の典型の一つであろう。その思想は、基本的には、一休にも同じく表れると見てよい。一休は言う。阿弥陀とは自身の「身」であり、西方十万億土とは、身体のことだ、と。この思想は、道元の身心一如の延長上にある。」「江戸の身体観が、われわれの身体観であること、それは、それ以前の身体観とは、まったく異なること、それがまず道元の理解を困難にする」。（二一八頁）とある。

（2）蘊は、集まりの意味で、人間の肉体と精神を五つの集まりに分けて示したものが五蘊である。色蘊はもとは人間の肉体を意味したが、後にはすべての物質も含むようになった。受は感受作用、想は表象作用、行は意志作用、識は認識作用を指す。（岩波仏教辞典、岩波書店、二〇〇二）

（3）「身心遍歓喜」については、第二章、第二節「正法眼蔵における授記の転位」参照。

（4）存在と認識の問題については、拙稿「正法眼蔵についての一考察―存在論の試み―」（『言語表現研究』第一六号、二〇〇〇）参照。

（5）「発菩提心」の巻に「この心もとよりあるにあらず、いまあらたに欻起するにあらず、いちにあらず、多にあらず、自然にあらず、凝然にあらず、わが身のなかにあらず、わが身は心のなかにあらず。…しかあれども感応道交するところ発菩提心するなり」。とある。

（6）森本和夫『道元を読む』（春秋社、一九八二）一三九頁

（7）湯浅慎一『二〇世紀思想事典』「身体論」（三省堂、一九九七）には、「ハイデッガーによれば、人間的実存はまず事実的に気分づけられ、身体的に規定されて存在し、事実は〈手許存在〉として現象し、身体も〈手許存在〉を指示する目的論的な〈道具的身体〉として現象する。実存は自己の身体的可傷性と死に抗して自己の存在の新しい可能性へと自己を投企する。サルトルによれば、実存の本質は

精神的で超越的な対自性にあるが、同時に偶然的で身体的な即自性に必然的にともなわれている。ここに実存の不条理があるという。これに対して、メルロ＝ポンティは、ハイデッガーやサルトルが強調した実存の投企性、超越性より身体的事実性を強調し、身体一元論ないしベルクソン的な汎生命論に近づく」。（五七〇頁）とある。

（8）岩波仏教辞典、八九頁

（9）田村芳朗『本覚思想論』（春秋社、一九九〇）に、「本覚思想における相即論は、たとえば心性と身相の不二相即ということから、身相そのまま心性と肯定し、ひいては修行を無用視するにいたったものであるのに対し、道元においては、不二相即のゆえに心性を身相に現成すべきであるとし、ひいては現成としての行の強調となった」。（一一八頁）とある。

（10）第二章、第一節「正法眼蔵の言語表現論」参照。

（11）高崎直道、梅原猛『仏教の思想11、古仏のまねび〈道元〉』（角川書店、一九七八）五〇頁

（12）「上堂曰。我若一向擧揚宗教。法堂裏須草深一丈。我事不獲已。所以向汝諸人道。盡十方世界是沙門眼。盡十方世界是沙門全身。盡十方世界是自己光明。盡十方世界在自己光明裏。盡十方世界無一人不是自己。」（『景徳伝燈録』巻十、大正大蔵経巻五一、二七四頁上）

（13）杉尾玄有「原事実の発見―道元禅参究序説」（『山口大学教育学部研究論叢』第二六巻第一部、一九七七）以来、「脱落」について、「吒時脱落」「面授時脱落」の問題として議論のあるところであるが、星俊道「伝統宗学における「身心脱落」」（『宗学研究』一九九八）には、「（身心脱落は）「信決定・心決定のイベント」というよりも、むしろ全く逆に、特別重要な意味をもたない「坐禅そのもの」を単純に指し示していると考えた方が無理がないといえるのではないだろうか」。とある。

（14）「山の身心」は道元の自然観を示すものでもある。これについては、第一章、第三節「正法眼蔵の自然」参照。

（15）木村清孝『講座道元Ⅳ、道元思想の特徴』「道元の縁起思想」（春秋社、一九八〇）一三八頁

（16）山崎正一『幻想と悟り―主体性の哲学の破壊と再建』「道元の哲学―開放系としての意味の世界」（朝日出版、一九七九）一七四頁

（17）松本晧一「身心論―禅修行における心と身体―」（『季刊仏教』第十号、一九九〇）には、「禅宗では「身心」の観念的分析よりも、まず身心を具体的自己そのものとして押さえ、この身心の自己をもって、いかに仏道を修行するか、という実践の主体としたのである」。（五〇頁）とある。

（18）大森荘蔵『「心―身」の問題』「心」（産業図書、一九八〇）には、「肉体の所在を含めての世界のあり方、それが私が今「ここにいる」ということなのです。その世界の視野中心に「私がいる」ことなのです。…世界全体の「構え」、それが「私がここに居る」ことなのです。

そしてそのことの要に私の体があります」。(二二四頁)とある。

三、正法眼蔵の「自然」

はじめに

われわれが今日「自然」というとき、それは近代以降の nature の訳語としての意味を担っていることが多い。nature は本質、本性、性質という概念をもつ一方で、人間を取り巻き、人間の行動とは無関係に存在している物質界という意味をもち、自然界、全世界さらには宇宙にはたらく力の総体としての自然的作用までをも含む。

しかし、古来用いられてきた漢語としての「自然」は老荘思想の理想を表す重要な概念であり、「自然」とは「自《おのずか》ら然《しか》る」、すなわち本来的にそうであること(そうであるもの)もしくは、人間的な作為を加えられていないあるがままのあり方を意味する。

また仏典では、竺法護訳の『正法華経』がサンスクリット svabhāva を自然、実相と訳したのに対し、鳩摩羅什訳の『妙法蓮華経』が svayambhū を自由あるいは自在、自然と訳し、前者は自己に対する固執の念を捨て、事物に即してあるがままに観察し生かすことであり、後者は対象的事物に対する固執の念を捨て、対象にとらわれ引きずられて失った自己を回復し、自由自在に自己を生かすということである。(1) これらをふまえ、日本において仏教関係では「自然」を「じねん」と読んだ。これに対し、一般的には、中世以前において、「ひとりでに、おのずから」の意の時は「じねん」、「万一、ひょっとしたら」の意の時は「しぜん」と読み分けていたといわれる。(2)

ここで問題にしたいのは、『正法眼蔵』において「自然」とは何か、ということである。いかなる意味においてであれ、そこには思想の独自性が反映されているはずであるということを前提にしている。そのことを、仏教語としての「自然」の諸相に触れながら明らかにしたいと考える。

（一） 正法眼蔵における「自」

「自然」について考える場合「自」にどういう意味をもたせるかということが問題になる。『正法眼蔵』から「自」という表記を拾ってみるならば、たとえば次のようなものがある。

> 水をきはめ、そらをきはめてのち、水そらをゆかんと擬する鳥魚あらんは、水にもそらにも、みちをうべからず、ところをうべからず。このところをうれば、この行李したがひて現成公案す。このみちをうれば、この行李したがひて現成公案なり。このみち、このところ大にあらず小にあらず、自にあらず他にあらず、さきよりあるにあらず、いま現ずるにあらざるがゆゑに、かくのごとくあるなり。（「現成公案」『全集』第一巻、五頁）

水を究め、空を究めてのちに、水や空を行こうとする鳥・魚があるとしたら、水にも空にも、道を得ることも所を得ることもできない。そうではなく、この所を得れば、また、その道を得れば、この日常現実がそのまま真実となる。この道、この所というのは、大でもなく、小でもなく、自でもなく他でもなく、はじめよりあるのでもなく、いま現れるのでもないから、まさにこのようにあるのである。

ここでは、自は他と対応関係におかれた上で否定される。日常的現実が真実となる前提として自も他も否定される。自は自そのものとしてあるのではなく、あくまでも他との相関のうちにある。もし、自が自として閉じられてしまうならば、自はおのおの自として安易な閉鎖的同一性のもとで、ナルシスティックなものとなるしかない(3)。つまり、他を欠いた自は、「本覚思想」的罠に嵌り込んでしまう、という見方もできる。他を現実的に把握しながら、そこに緊迫した観点を導入することができるかどうかが問われるのである。自他二元論でもなければ、他が一元論的に自己と同一化するのでもなく、いわば自は他とともに超えられるべきものとしてある。この「自にあらず他にあらず」はそのように読むことができる。

諸仏ならびに仏土は両頭にあらず、有情にあらず、無情にあらず、迷悟にあらず、善悪無記にあらず、浄にあらず穢にあらず、成にあらず、住にあらず、壊にあらず、空にあらず、常にあらず無常にあらず、有にあらず無にあらず、自にあらず。離四句なり、絶百非なり。ただこれ十方なるのみなり、仏土なるのみなり。しかあれば、十方は有頭無尾漢なるのみなり。(「十方」『全集』第二巻、九三頁)

諸仏ならびに仏土とは、別ものではない。また生物でもなく、無生物でもない。迷いやさとりでもなく、善悪無記などというものでもない。浄でもなく穢でもなく、成住壊空(4)というごときものでもない。あるいは、常や無常でもなく、有でもなく、無でもない。自でも他でもない。四句も離れており、いくら否定しても、その否定そのものをも超えている。

ここでも「Aにあらず、Bにあらず」が繰り返され、徹底して否定が行われる。「有情・無情」「迷・悟」「善・悪」「浄・穢」「成・住・壊・空」「常・無常」「有・無」そして「自・他」それらいずれもが否定される。しかし、ただ否定するのではない。それらを脱落するのである。

いま西天の梵文を東土の法本に翻訳せる、わづかに半万軸にたらず。これに三乗、五乗、九部、十二部あり。これらみなしたがひ学すべき経巻なり。したがはざらんと回避せんとすとも、うべからざるなり。かるがゆゑに、あるひは眼睛となり、あるひは吾髄となりきたれり。頭角正なり、尾条正なり。他よりこれをうけ、これを他にさづくといへども、ただ眼睛の活出なり、自他を脱落す。ただ吾髄の附属なり、自他を透脱せり。眼睛吾髄、それ自にあらず他にあらざるがゆゑに、仏祖む

かしよりむかしに正伝しきたり、而今より而今に附属するなり。(「自証三昧」『全集』第二巻、一九七頁)

学ぶべき経巻は、従うまいとして避けようとしても、とてもできるものではない。仏祖の眼の玉ともなり、仏祖の骨髄ともなってきた。頭から尻尾まで徹頭徹尾正しい。それは一見他から受け、また他に授けるように思われるかもしれないが、実は仏法の眼の玉がはたらきだしたものであり、自も他も超越している。ただ仏法の骨髄を師から弟子へと受け継いでいくだけであり、自他の区別を抜け出ている。眼の玉といい、骨髄といい、もはや自でも他でもないからして、仏祖は昔より昔へと正伝してきたのであり、今より今へと受け継いでいるのである。

ここにいう経巻とは、「その経巻といふは尽十方界、山河大地、草木自他なり喫飯著衣、造次動容なり」(自証三昧)というように、十方を尽くす全世界であり、山河大地であり、草木でもあり、ある意味では、自でもあり、他でもある。さらに日常飯を食べたり、衣服を着けたり、また咄嗟の場合の動きでもある。

したがって、「自を撥転せず、他を回互せざれども露堂々なり」(大悟)ともいわれ、「他にも不礙なるは、自にも不礙なり。面々の不礙を要するにはあらず、各々の不礙を存するにはあらず、このゆゑに不礙なり」(仏向上事)といわれ、さらに、次のようにもいわれる。

同事といふは不違なり。自にも不違なり、他にも不違なり。たとへば人間の如来は人間に同ぜざるがごとし。人界に同ずるをもてしりぬ、同余界なるべし。同事をしるとき、自他一如なり。…たとへば事といふは、儀なり、威なり、態なり。他をして自に同ぜしめてのちに、自をして他に同ぜしむる道理あるべし。自他はときにしたがふて無窮なり。(「菩提薩埵四摂法」『全集』第二巻、五一三頁)

同事というのは、違わないことである。自にも違わないし、他にも違わないことである。たとえば人間界に生まれた如来は、人間に同じ給うたごとくである。如来は人間界に同じたもうたから人間界以外の他の世界にも同じ給うであろうことが知られる。このような同事を知るとき自も他もまったく如となる。

たとえば、同事というのは作法（儀）であり、かた（威）であり、すがた（態）である。他をして自に同ぜしめた後に、自をして他に同ぜしめる道もあるであろう。このように、自と他との関係はその時々に従って無窮に続くのである。とにかく、ここでは自他を脱落、自他をこえるところの「自」が問題なのである。

(二)「おのづから」と「みづから」

元来、日本語では自己のことを「みづから」と言い、自然さのことを「おのづから」と言う。この二つの語は、古代中国から漢字が渡来して以来同じ一つの「自」の現象態として、内外の別を超えた本質的な共属性を見て取る方向性をもっていた(5)。

このとき道元において、「みづから」が「おのづから」をどう受けとめ、思想をどう深めていったかということが問題となる。

つまり、「みづから」自己相対性を前提とし、それを否定していくところに「おのづから」という見方は生まれる。「大悟を面受し心印を面受するも一隅の特地なり」（面受）とあるように、一隅に立ちながら、しかも瞬間瞬間に「おのづから」に宇宙に位置づけられて存在する。その限りにおいて、われわれは「みづから」の現実を生きつつ、「おのづから」の絶対にふれることができる(6)。


諸類の水たとひおほしといへども本水なきがごとし、諸類の水なきがごとし。しかあれども随類の諸水、それ心によらず、身によらず、業より生ぜず。依自にあらず、依他にあらず、依水の透脱あり。しかあれば水は地水火風空識等にあらず、水は青黄赤白黒等にあらず、色声香味触法等にあらざれども地水火風空等の水おのづから現成せり。（「山水経」『全集』第一巻、三二二頁）

同じ水でも境界の種類によって見るところが違う。なぜ違うのか、この点をよく尋ねてみるべきである。一つの事物を見るのに、見方がさまざまなのであろうか、あるいは、実はさまざまな現象を一つの事物として思い誤っているのであろうか。これをぎりぎりまで究明した上でさらに究明すべきであると道元はいう。修証や辦道もけっして一通りや二通りではない。究極の世界も一色ではなくて千差万別である。さらにこの旨を推し量ってみると、諸々の環境による水は、たとい多くあっても、本来の水はなきがごとくである。したがって、それぞれの境界の水もなきがごとくである。しかし、境界のそれぞれの水は心によるのでもなく、身によるのでもない。また宿業によって生ずるのでもない。あるいは、自によるのでもなく、他によるのでもない。まさにそれは水そのものによって、それ自体透脱している。

こういう次第で水は地水火風空識の水ではない。また、水は青黄赤白黒色の水でもない。あるいは色声香味触の感覚や心の対象でもない。しかしながら、地水火風空等の水が「おのづから」現成している。つまり、自によらず、他によらずのあとに「おのづから」があることに注目したい。『正法眼蔵』の「おのづから」は次のように使われる。

水はこれ真竜の宮なり、流落にあらず。流のみなりと認ずるは、流のことば水を謗ずるなり。たとへば非流と強為するがゆゑに。水は水の如是実相のみなり、水是水功徳なり、流にあらず。一水の流を参究し、不流を参究するに、万法の究尽、たちまちに現成するなり。山も宝にかくるる山あり、沢にかくるる山あり、空にかくるる山あり、山にかくるる山あり、蔵に蔵山する参学あり。

古仏云、山是山、水是水

この道取は、やまこれやまといふにあらず、山これやまといふなり。しかあればやまを参究すべし。山を参窮すれば山に

功夫なり。かくのごとくの山水おのづから賢をなし、聖をなすなり。（「山水経」同、三二七頁）

水はほんものの住む世界である。けっして流れ去るだけではない。水を流れ去るものとばかり考えるのは、流れるということばが水を誹ったことになる。なぜなら、もし見方を変えれば水は流れないと強弁することにもなるから。水はただありのままの真実のすがただけである。水のすがたがそのまま水の功徳である。けっして流れ去るだけではない。このように水の流・不流を学び行ずるときに万象を究め尽くすことがたちまち実現する。山にも宝の中に隠れている山があり、沢の中に隠れている山があり、空の中に隠れている山があり、山の中に隠れている山がある。さらに隠れることの中に隠れている山を学ぶこともある。古仏がいうに、「山は是山、水は是水」。この発言は山は凡眼の見たとおりの山ではない。慧眼の見たとおりの山である。山を学び究むべきである。山を究むれば、山そのものが「おのづから」修行となり、このような山水が「おのづから」「賢」となり、「聖」となる。

ここにいう山水がいわゆる自然でないことは明らかである。

心悟転法華といふは、法華を転ずるなり。いはゆる法華のわれらを転ずるちから究尽するときに、かへりてみづからを転ずる如是力を現成するなり。この現成は転法華なり。従来の転いまもさらにやむことなしといへども、おのづからかへりて法華を転ずるなり。驢事いまだをはらざれども、馬事到来すべし。出現於此の唯以一大事因縁あり。地涌千界の衆ひさしき法華の大聖尊なりといへども、みづからに転ぜられて地涌し、他に転ぜられて地涌す。地涌のみを転法華すべからず、虚空涌をも転法華すべし。地空のみにあらず、法華涌とも仏智すべし。（「法華転法華」『全集』第二巻、四九四頁）

「心悟れば法華を転ず」は慧能のことばである。いうところは、法華がわれらを転ずる力を究尽するとき、翻って自らを転ずる如是力を現成することになる。その実現がすなわち「法華を転ず」ということである。これまでの転、すなわち「法華に転ぜらる」ということは持続してやむことはないけれども、そのなかでおのずから「法華を転ずる」ことになる。いうなれば、驢事（法華に転ぜらる）まだ終わらないうちに、馬事（法華を転ずる）到来する。つまり、仏がこの世に出現するうちに（驢事）、ただそれが一大事因縁となるのである（馬事）。大地から湧き出た無数の菩薩たちは、久しい以前に、法華を説いた聖衆であるが、自分の法華に転ぜられ、釈迦仏の法華に転ぜられて大地から湧出してきたのである。しかしながら、「法華に転ず」というのは、大地から湧き出るだけではない。虚空からも湧き出るのである。また、大地や虚空だけではない。法華からも湧き出ると知るがよいという。

「みづから」は本来「自分自身」であり、「自ら進んで」という意味をもつ。それはそれでよいのだが、「みづからを転ずる如是力の現成」があると同時に、「みづからに転ぜられて地涌し、他に転ぜられて地涌す」というところから考えるならば、そこには自他を透脱した「おのづからかへりて法華を転ずる」、まさに道元固有の「自」がはたらいているように思える。

(三)「自然」の両義性

「自然」を仏教用語としてみた場合、仏教的立場から批判の対象となる使い方と、仏教そのものの真理を表すものとして用いられるものとに分かれる。

批判の対象となるものとして、インドの自然外道と中国の老荘の自然説が挙げられる。自然外道とは、あらゆる存在は因縁によらないで自然にあるとする説で、人間の意志の自由というような観念をすべて否定する。すべては固定され、決定づけられており、改変不可能であり、あるがままに任せるよりほかないという意味で、自然という。

また、老荘の自然は、『老子』に「功成り事遂げて、百姓は皆我れを自然という」（一七章）「（聖人は）万物の自然を輔けて敢て為さず」（六四章）とあり、『荘子』に「物の自然に因りて（吾が）生を益さず」（大宗師篇）、「真とは天より受くる所以なり、自然にして易うべからず」（漁父篇）などとあるように、人為に歪曲されず、汚染されてい

ないあり方を意味する。(7)

自然の「然」を「しからしむ」（あるがままにあらしめる）という意味にとるならば、自然は行為者の立場を超えている、われわれの方からはまったく手を加えることなく「おのずから」を「おのずから」のままにしておくことだということになる。親鸞は『末燈鈔』において、「自然といふは、自はをのづからといふ。行者のはからひにあらず、然といふはしからしむといふことばなり。しからしむといふは行者のはからひにあらず」という。したがって、親鸞の「自然法爾」は自力を捨てて如来の絶対的な力につつまれ、まかせきった境界ということになる。(8)『正法眼蔵』には「自然法爾」ということばはないが、「法爾」はある。

いはゆる運水とは、水を運載しきたるなり。自作自為あり、他作教他ありて水を運載せしむ、これすなはち神通仏なり。しることは有時なりといへども、神通はこれ神通なり。人のしらざるには、その法の廃するにはあらず、その法の滅するにあらず。人はしらざれども、法は法爾なり。運水の神通なりとしらざれども、神通の運水なるは不退なり。（「神通」『全集』第一巻、三九五頁）

人はそのとき気づかなくとも、法則にしたがっているという意味において、「法爾」は認められる。しかし、「尽界はすべて客塵なし、直下さらに第二人あらず」（仏性）といわれるように、全世界はことごとく主体界そのものであって、対象物は一物もない。今日ただいまのところに第二人者はいないのであって、ただ第一人のみである。全世界は一物もかくすことなくむき出しのままである。むき出しのままというのは、全世界がことごとくわれの存在ということではない。

偏界不曾蔵といふは、かならずしも満界是有といふにあらざるなり。偏界我有は外道の邪見なり。本有の有にあらず、亘古亘今のゆゑに。始起の有にあらず、不受一塵のゆゑに。条条の有にあらず、合取のゆゑに。無始有の有にあらず、是什麼物恁麼来のゆゑに。始起有の有にあらず。平常心是道のゆゑに。まさにしるべし、悉有中に衆生快便難逢なり。悉有を会取することかくのごとくなれば、悉有それ透体脱落なり。(「仏性」『全集』第一巻、一五頁)

全世界は本来的とか、非本来的とかいうことはできない。なぜなら、古も充足し、今も充足しているから。それは、あるときはじめて現れる存在でもない。なぜなら、一つの塵さえも付け加わることはないから。それは、別々に存在するのでもない。なぜなら、全体が一つであるから。それは、無限の過去から存在したのでもない。なぜなら、究極ぎりぎりのところの即今のところであるから。それは、あるときはじめて現れて存在している存在でもない。なぜなら、日常の心がそのまま道と一体であるから。まさに悉有のうちに「快便難逢」と知るべきである。衆生は衆生として絶対であって、仏性に逢うということはないのである。逢ったと思ったら、それは悉有のぬけがらである。このように会得しているのであるから、すでに悉有それ自体、透徹し脱落している。このようにみるとき、「法爾」は次のような文脈の中におかれる。

しかあればすなはち、衆生悉有の依正、しかしながら業増上力にあらず、妄縁起にあらず、法爾にあらず、神通修証にあらず。衆生の悉有それ業増上および縁起法爾等ならんには、諸聖の証道および諸仏の菩提仏祖の眼睛も、業増上力および縁起法爾なるべし。しかあらざるなり。(「仏性」同、一五頁)

このようにみるとき、衆生悉有の主体とその環境はまったく業力によるものではない。虚妄の因縁によって生ずるものではない。法爾(おのずからそうなるの)でもない。神通力や修行や悟りでもない。もし衆生の悉有が業力や因縁や法爾であるとするならば、聖者が仏道に目覚めたことも諸仏の悟りも仏祖の眼の玉もすべて業力や因縁や法爾となるであろう。けっしてそうではないのである。

さてそれでは、自然ということばが道元においてどのように用いられるかについてみたい。まず、次のような場合である。

他人のひゐにてをかくべからず。にくむこころにて、人の非をみるべからず。不見他非我是自然（他の非を見ず。我れは是れ自然なり。）のむかしのことばあり。[9]また人の非をならふべからず、わが徳を修すべし。ほとけも非を制することあれども、にくめ、とにはあらず。（「重雲堂式」『全集』第二巻、四八四頁）

第十八祖伽耶舍多尊者は、西域の摩提国の人なり。姓は鬱頭藍、父名天蓋、母名方聖。母氏かつて夢見るにいはく、ひとりの大神おほきなるかがみを持してむかへりと。ちなみに懐胎す。七日ありて、師をうめり。師、はじめて生ぜるに、肌体みがける瑠璃のごとし。いまだかって洗浴せざるに、自然に香潔なり。いとけなくより閑静をこのむ、言語よのつねの童子にことなり。[10]（「古鏡」『全集』第一巻、二二一頁）

夫出家者、為厭塵労求脱生死、休心息念、断絶攀縁、故名出家。豈可以等閑利養埋没平生。直須両頭撤開、中間放下、遇声遇色、如石上栽華、見利見名、似眼中著屑。況従無始以来、不是不曾経歴、又不是不知次第、不過翻頭作尾。止於如此、何須苦苦貪恋。如今不歇、更待何時。所以先聖教人只要尽却今時。能尽今時、更有何事、若得心中無事、仏祖猶是寃家。一切世事自然冷淡、方始那辺相応。[11]（「行持、下」同、一九一頁）

華厳経浄行品に云く、手に楊枝を執らば、当に願ふべし、衆生心に正法を得て、自然に清浄ならんことを。[12]（「洗面」『全集』第二巻、四三頁）

これらの「自然」は、「に」を伴って「おのずから」「ひとりでに」という意味で、副詞的に使われる例である。これらはすべて引用であり、とくに「自然」を批判しているわけではなく、原典の用い方にそのまましたがっているものとみてよい。これに対し、次のような場合には「自然」そのものが批判の対象になる。

時節若至の道を古今のやから往々におもはく、仏性の現前する時節の向後にあらんずるをまつなりとおもへり。かくのごとく修行しゆくところに、自然に仏性現前の時節にあふ。時節いたらざれば参師問法するにも、辦道功夫するにも現前せずといふ。恁麼見取して、いたづらに紅塵にかへり、むなしく雲漢をまもる。かくのごとくのたぐひ、おそらくは天然外道の流類なり。(「仏性」『全集』第一巻、一七頁)

仏性が現れる時節を待つというところが根本的に誤っているというのである。したがって、「自然に仏性現前の時節にあふ」といっても、その場合、時節に会うにしろ会わないにしろ、それは主体的な問題になり得ないで、ただなすこともなく世俗生活に返り、あてもなく空漠たる生活を守るだけである。それを「天然外道」の部類とみる。

あきらかにしるべし、世間出世の因果を破するは外道なるべし。今世なしといふは、かたちはこのところにあれども、性はひさしくさとりに帰せり、性すなはち心なり、心は身とひとしからざるゆゑに。かくのごとく解するすなはち外道なり。あるひはいはく、人死するときかならず性海に帰す。仏法を修習せざれども、自然に覚海に帰すれば、さらに生死の輪転なし、このゆゑに後世なしといふ。これ断見の外道なり。(「深信因果」『全集』第二巻、三九一頁)

ここでは、因果否定の決定論的立場を外道という。この世がないというのは、すがたはこの世にあってもその本性は永久に悟りに帰着していることをいう。このように解するならば、人は死んでも「自然に」必ず、悟りの海に帰るのであるからとくに仏法を習う必要もないことになる。

あきらかにしるべし、禅宗と称するは、あやまりのはなはだしきなり。つたなきともがら有宗、空宗のごとくならんと思量して、宗の称なからんは所学なきがごとくなげくなり。仏道かくのごとくなるべからず、かつて禅宗と称せず、と一定すべきなり。しかあるに近代の庸流おろかにして古風をしらず。先仏の伝受なきやからあやまりていはく、仏法のなかに五宗の門風あり、といふ。これ自然の衰微なり。(「仏道」『全集』第一巻、四七六頁)

「禅宗」なるものが確固としてそれ自体で存在すると見誤っている者たちがいるがゆえに、それは衰えたすがたでであるといえるのである。

菩提心をおこすといふは、おのれいまだわたらざるさきに、一切衆生をわたさんと発願しいとなむなり。そのかたちいやしといふとも、この心おこせばすでに一切衆生の導師なり。この心もとよりあるにあらず、いまあらたに欻起するにあらず、一にあらず、多にあらず、自然にあらず、凝然にあらず、わが身のなかにあらず、わが身は心のなかにあるにあらず。この心は法界に周遍せるにあらず、前にあらず後にあらず、あるにあらず、なきにあらず、自性にあらず他性にあらず、共性にあらず、無因性にあらず。しかあれども感応道交するところに発菩提心するなり。諸仏菩薩の所授にあらず、みづからが所能にあらず、感応道交するに発心する、ゆゑに自然にあらず。（「発菩提心」『全集』第二巻、三三二頁）

仏と自己とが感じ合い、通じ合うところに菩提心が起こる。それは諸仏や諸菩薩から授けられるものでもなく、自分の力で起こるものでもない。ただ、感応道交において発心するものであるから、「自然に」起こるものではない。このように批判的に語られる「自然」は、「自然見」または「自然外道」として次のように用いられている。

三宝に帰依して捨家出家する、真実の学道なり。このゆゑに真実人体といふ。後学かならず自然見の外道に同ずることなかれ。

百丈大智禅師のいはく、若執本清浄本解脱自是仏、自是禅道解者、即属自然外道（若し本より清浄、本より解脱にして自づから是れ仏、自づから是れ禅道の解を執せば、即ち自然外道に属す）。（「身心学道」『全集』第一巻、四九頁）

恁麼の道理、すなはち尽十方界真実人体なり。自然天然の邪見をならふべからず。（「身心学道」同、五〇頁）

かれらの念慮の語句なることをしらず、語句の念慮を透脱することをしらず。在宋のとき、かれらをわらふに、かれら所陳なし、無語なりしのみなり。かれらがいまの無理会の邪計なるのみなり。たれかなんぢにおしふる、天真の師範なしといへども、自然の外道見なり。（「山水経」『全集』第一巻、三二〇頁）

杭州径山大慧禅師宗杲和尚頌云、不落不昧石頭土塊、陌路相逢、銀山粉砕。拍手呵呵笑一場、明州有箇憨布袋（不落不昧は石頭土塊、陌路に相逢うて、銀山粉砕す。拍手呵呵、笑い一場明州に箇の憨布袋有り）。これらを、いま宋朝のともがら、作家の祖師とおもへり。しかあれども宗杲が見解、いまだ仏法の施権のむねにおよばず、ややもすれば自然見のおもむきあり。（「深信因果」『全集』第二巻、三九三頁）

荘子云、貴賤苦楽、是非得失、皆是自然（荘子云く、貴賤苦楽、是非得失、皆な是れ自然なり）。この見すでに西国の自然見の外道の流類なり。貴賤苦楽是非得失、みなこれ善悪業の感ずるところなり。満業引業をしらず。過世未世をあきらめざるがゆゑに、現在にくらし、いかでか仏法に斉しからん。（「四禅比丘」同、四三〇頁）

これに対して、「自然」に重い意味が与えられている場合がある。次のような箇所である。

高祖道、一華開五葉、結果自然成（高祖道く、一華、五葉を開き、結果自然に成ず）。
この華開の時節、および光明色相を参学すべし。一華の重は五葉なり。五葉の開は一華なり。一華の道理の通ずるところ吾本来此土伝法救迷情（吾、本此の土に来り、法を伝えて迷情を救う）なり。光色の尋処は、この参学なるべきなり。結果任你結果（結果は你が結果に任す）なり、自然成をいふ。自然成といふは修因感果（因を修して果を感ず）なり。公界の因あり、公界の果あり、この公界の因果を修し公界の因果を感ずるなり。

自は己なり、己は必定これ你なり、四大五蘊をいふ。使得無位真人（無位の真人を使得す）のゆゑに、われにあらずたれにあらず、このゆゑに不必なるを自といふなり。然は聴許なり。自然成すなはち華開結果の時節なり。伝法救迷の時節なり。（「空華」『全集』第一巻、一二七頁）

華の光や色を尋ねることが参学の要点。その結果は、それぞれの結果に任せるほかはない。それを自然成という。「自然成」というのはおのずから成るということで、実際には「因を修して果を感ずる」ことである。「自然成」の「自」というのは、己のことで、己というのはすなわち汝のことである。つまり、四大五蘊からできているものを指している。それは結局、仏とも人間とも位の定めようのない真人を使いこなしているのであるから、我でもなく、だれでもない、それゆえに定まっていないところの自というのである。「自然成」の「然」というのは「ゆるす」ということである。事物をその自然本性にのっとってあるがままに理解し、生かしつつ、自己自身の方は執着なしに、つまり自由自在に行住坐臥するということ、いわば客観的であると同時に、主観的な認識と行為といってもよい。(13)

しるべし、華地悉無生なり、華無生なり。華無生なるゆゑに地無生なり。華地悉無生のゆゑに、眼睛無生なり。無生といふは、無上菩提をいふ。正当恁麼時の見取は、梅華只一枝なり。正当恁麼時の道取は、雪裏梅華只一枝なり、地華生生なり。これをさらに雪漫漫といふは、全表裏雪漫漫なり。尽界は心地なり、尽界華情なり。尽界華情なるゆゑに、尽界は梅華なり。尽界梅華なるがゆゑに、尽界は瞿曇の眼睛なり。而今の到処は山河大地なり。到事到時、みな吾本来茲土、伝法救迷情、一華開五葉、結果自然成の到処現成なり。西来東漸ありといへども、梅華而今の到処なり。(「梅華」『全集』第一巻、七三頁)

全世界はそのままが心の大地であり、全世界はそのままが華の情である。全世界は華の情であるから全世界は梅華にほかならない。全世界は梅華であるから、同時に全世界は釈尊の眼の玉となる。今日ただいま、到るところがすべて山河大地である。そのそれぞれのことにあたり、また、そのときそのときがみな「わたしがもともとこの国土に来たのは、法を伝えて迷える衆生を救うためであり、一華は五葉を開き、結果は自然に成る」ということで、そのことが到るところで実現している。だから西来東漸ということはあるが、実は只いま到るところで梅華が咲き誇っているというのである。

（四）自然とは何か

まず、あらためて確認しなければならないことは、『正法眼蔵』のどこを探してみても、われわれが今日一般的に「自然」ということばで理解しているような、対象としての客観的自然はないということはもちろん、「大地山河」「山川草木」という場合においても、それは聖なるがゆえに崇拝されるべきものとしての「自然」でもないということである。仏教本来の立場においても、人間と自然のすべてにゆきわたっている世界の理法を見つめ、それにしたがって生きることをめざすのであり、自然のうちに含まれる「自然的なあるもの」を問題にするのではない。

日本の仏教が山との関わりを深くもったということが、日本人の宗教意識と何らかの関係があるとしても、[14]ここではそれを切り離して考えなければならない。

而今の山水は古仏の道現成なり。ともに法位に住して、究尽の功徳を成ぜり。空劫已前の消息なるがゆゑに、而今の活計なり。朕兆未萌の自己なるがゆゑに、現成の透脱なり。山の諸功徳高広なるをもて乗雲の道徳、かならず山より通達す。順風の妙功さだめて山より透脱するなり。（「山水経」『全集』第一巻、三一六頁）

今目のあたりに見る山水には、古仏の道が実現している。その山水はともに本来のあり方において、山は山、水は水として表すべきものを表しつくしている。それは世界形成以前の状況であるから、まさに目のあたりに見る活きた現実である。いわば自己としてまだ萌さない厳然たる自己であるから、透徹した解脱がここに実現している。[15]このように本来の自己と一体なる山の功徳は、高くかつ広い。高い方からいえば、雲に乗って天高く昇っていく仏道の功徳、広い方からいえば、風にしたがって自由に飛びまわる霊妙な功徳、いずれもかならず山から通達し、かならず山から透徹するのである。

山は実体として固定的ではなく、山が山であることにおいて山である。仏教では、現象世界の個々の存在を「法」

と呼んでいるが、その理由は、現象世界の変化において成立する個々の存在が真理性をそなえていると見るからである。個物が法であるのは、その本性が空であるからである。しかし、「一切は空である」といっても、それを言っている自己に空が実現されていなければ、それは成立しない。一切が空であるためには、自己が空になりきること、空の主体的あり方が実現されなければならない。(16)

山をみる眼目あらざる人は不覚不知、不見不聞、這箇道理なり。もし山の運歩を疑著するは、自己の運歩をもいまだしらざるなり。自己の運歩なきにはあらず、自己の運歩いまだしられざるなり、あきらめざるなり。自己の運歩をしらんがごとき、まさに青山の運歩をもしるべきなり。

青山すでに有情にあらず、非情にあらず。自己すでに有情にあらず、非情にあらず。いま青山の運歩を疑著せんこと、うべからず。いく法界を量局として、青山を照鑑すべしとしらず。青山の運歩および自己の運歩あきらかに撿点すべきなり。

（「山水経」同、三一七頁）

山を見る眼をそなえていないものは、それを知覚しないし、見聞しない。これもまた道理である。山の歩きを疑うものは自己の歩きを知らないものである。それは自己の歩きがないのではなく、まだそれを知らないのであり、明らかにしていないのである。自己の運歩を知り得るような力こそ、青山の運歩を知ることができる。

青山は、すでに有情でもなく、非情でもない。自己も、すでに有情でもなく、非情でもない。自己も青山も、有情非情の分別をこえて、当体当面の活き活きした生命である。いま青山の運歩を疑うことはできない。どれだけの世界を限りとして、青山を考えてみようとしても、青山は限りがなくて、知悉することはできない。青山の運歩および自己の運歩を明らかに調査点検すべきである。

我見、己見、固定観念を放下したときにひらかれる自然、ここに山水といい青山といわれる自然は、有情非情の枠を超えて森羅万象となっている。当然そこには人間も含まれる。人間も間違いなく自然である。宇宙という限られた世界も万象の一つにすぎない。万象は万法であり、「現成公案」において、「自己をはこびて万法を修証するを迷とす、万法すすみて自己を修証するはさとりなり」といわれ、「自己の身心、および他己の身心をして脱落せしむる」ところである。

うらむべし、山水にかくれたる声色あること。またよろこぶべし、山水にあらはるる時節因縁あること。舌相も懈倦なし、身色あに存没あらんや。しかあれども、あらはるるときをや、ちかしとならふ、かくれたるときをや、ちかしとならはん。一枚なりとやせん、半枚なりとやせん。従来の春秋は山水を見聞せざりけり、夜来の時節は山水を見聞することわづかなり。いま学道の菩薩も、山流水不流より学入の門を開くべし。…畢竟じていはば、居士の悟道するか、山水の悟道するか、たれの明眼あらんか、長舌相清浄身を急著眼せざらん。(「渓声山色」『全集』第一巻、二七五頁)

道元は言う。まことにうらむべきである、山水にかくれた説法の声色を見聞できないことを。またよろこぶべきである、山水に現れた説法の時節因縁あることを。仏の説法する舌の動きが倦み疲れるはずはないし、仏のすがたも現れたり消えたりすることがどうしてあろうか。しかしながら、仏身の現れるときこそ、身に親しいと思うべきであろうか。逆に、かくれたときこそ親しいと思うべきであろうか。それは完全な一枚と考えてよいのか、それとも半枚にすぎないものであろうか。ともあれ、東坡居士のこれまでの春秋には、実は山水の真相を見聞しなかったのである。居士のいう夜来の時節でも、ようやく山水の真相をわずかに見聞したのである。いま、仏道を学んでいる修行者は、「山は流れ、水は流れず」というところから仏道の門を開くがよい。突きつめていうと、悟りを開くのは居士であるのか、それとも山水であるのか。眼を開いたものであるならば、渓声の説法や山色の清浄身に注視しないものがあろうか。

蘇東坡は「無情説法の話」という公案を解こうとして不眠不休で工夫したが、なかなか解決できなかった。たまたま渓谷にさしかかったとき、その流れる水の音が殷々轟々、彼の耳を打ち、全身心を揺るがせた。その瞬間に見えてきたものを詩にしたのが、「渓声便広長舌、山色豈非清浄身」である。「広長舌」とは仏の三二相の一であり、「清浄身」とは清浄法身の略であるが、ここでは、仏の説法と仏のすがたと解している。すなわち、このときの蘇東坡には、この渓声がそのまま仏の説法と聞こえ、山々はそのまま仏のすがたと受け取れたのである。問題は、「居士の悟道するか、山水の悟道するか」というところである。蘇東坡が悟りを開いた眼で山水を見るのでもなければ、山水が蘇東坡を悟らせるのでもない。蘇東坡は蘇東坡でありながら、山水である。山水は山水でありながら、蘇東坡なのである。見るものとしての蘇東坡がいて、見られるもの、対象化された自然としての山水があるのではない。そこから、次のような会話も理解される。

長沙景岑禅師に、ある僧とふ、いかにしてか山河大地を転じて自己に帰せしめん。師いはく、いかにしてか自己を転じて山河大地に帰せしめん。

いまの道取は自己のおのづからなる自己にてある、自己たとひ山河大地といふとも、さらに所帰に罣礙すべきにあらず。

（「渓声山色」同、二七七頁）

長沙景岑禅師に一人の僧がたずねた。僧「どうしたならば山河大地をめぐらして自己に帰せしめることができましょうか」。師「どうしたならば自己をめぐらして山河大地に帰せしめることができようか」。このことばは、自己はおのずから自己であるから、たとい自己は山河大地であるといっても、その帰するところの山河大地にこだわってはならないという趣旨である。

これは、自己と山河大地、人間と大自然が一つになったあり方であるともとれる。しかし、一つになって終わったのではない。自己と山河大地の不二一如性のうちに、世界は自然に閉じられるのではない[17]。自己はたえず自己であり続けることにおいて、山河大地と対決しなければならない。一々の今において世界は動いている。「山は流れ、水は流れず」のダイナミズムをもち続けなければならない。「居士の悟道するか、山水の悟道するか」は、そのように読める。

明明の光明は百草なり。百草の光明、すでに根茎枝葉華菓光色いまだ与奪あらず。五道の光明あり、六道の光明あり這裏是什麼処在なればか、説光説明する。云何忽生山河大地なるべし。長沙道の尽十方界是自己光明の道取を審細に参学すべきなり。光明自己尽十方界を参学すべきなり。(「光明」『全集』第一巻、一四二頁)

明明白白たる光明はいかなる草にも現れている。百草の光明というのは、すでに根や茎、枝や葉、華や果、光や色そのままであって、さらに加えることも奪うこともない。五道の迷いの世界のままで光明がある。また六道のままで光明がある。この光明のうちにありながら、いかなる処在のために光明を説こうとするのか。説く必要はない。すべての処在が光明である。またどうしてたちまちに山河大地を生ずることがあろうか。光明のほかに山河大地はないはずである。

目覚めてみれば、世界は光明そのものである。それは世界の根源的なあり方を表している。自己自身が光明であることが大切なのである。見方を変えれば、常に光明に出会いながら、それに気づかないということもあり得る。自己と世界を厳しく突きつめていくならば、「尽十方界、在自己光明裏。尽十方界無一人不是自己(尽十方界、是れ自己の光明裏に在り。尽十方界、一人も是れ自己ならざる無し)」。もはや照らすものも照らされるものもない。

天地自然の万物にはそれぞれ独特の華が咲く。そして、そのそれぞれがみな光明であるが、「空華は実にあらず、余華はこれ実なりと学するは仏教を見聞せざるなり」(空華)とあるように、この絶対平等の見地や無分別知の観点は、「空」の原理によらねばならない。空の立場から見ると、世界はどこまでもつながっている。一切のものの本性が空であれば、その点ではすべては「一様」である。現象界は多様に現れているが、それを多様に現れしめる本性は一相である。実在真如は空性という一つの特質を持っている。その点で真如は、時間的にも空間的にも限りがないものである。しかし同時に実在は無限に変化していくものであるから、その点では多様性をそなえている。しかしその多様性は混沌ではなく、秩序・法則性をそなえている。すなわち人間の世界にも自然の世界にも、因果の道理が認められる。[18]「まさにしるべし空は一草なり。この空かならず華さく、百草に華咲くがごとし。…この華到来の正当恁麼時、みだりなることいまだあらず」（同）とあり、「空」の見地から世界を見るとき、百草（あらゆるもの）はそのままでまったくくわえることもなければ、奪うこともない。迷いの世界は迷いの世界のままであって光明である。「草木牆壁・皮肉骨髄」「煙霞水石・鳥道玄路」ことごとく、光明の経めぐりである。自己の光明を見聞するのは仏にまみえる確かな証拠である。全世界はすなわち自己であり、自己は全世界である。そこを避けてとおる余地はない。たとい避けて通る余地があるとしても、そのままが世間を超えていく活舞台である。今日ただいまのこの骸骨のからだ、そのままが全世界の形であり、すがたである。光明のほかに山河大地はない。あえていうならば、これが『正法眼蔵』の自然である。

おわりに

西洋では、自己は「内面性」として内部に位置づけられ、これに対して自然は「外部にあるもの」である。これに対して東洋では、「自然さ」として自然はけっして内部に対する外部とは見なされてこなかった。自然の「自」はそれだけですでに「おのずから」の意味であって、「行者」（行為者）の「はからい」（意図すること）ではない。自然の「然」は「しからしむ」を意味し、やはり行為者の意図を超えている。しかし、それなら「自然」というのは、われわれの側で何一つ手を加えることなしに、「おのずから」を「おのずから」のままにしておくことだということだということになるのだろうか。『正法眼蔵』においては、自然のままにこだわり人間の意志の自由まで否定する「自然見」を徹底して批判している。

自然とは、「自」の、つまり生命一般の根拠の根源的な自発性が、「身」の水門を通って「身ずから」の個別性へと流れ出す、この流れの自然さのことだと言ってもよい。生命一般の根拠の「おのずから」の動きに関わると同時に、他方では間主体的世界へと向かって、自己を非自己から区別しながら、自己と非自己との「あいだ」で「みずから」の交換不能な存在を維持するということである。[19]西田幾多郎のことばでは、「我々の自己とは世界が自己において自己を映す、世界の一焦点たるに他ならない」という場合の自己である。[20]

たとえば『正法眼蔵』「渓声山色」において、「いかにしてか山河大地を転じて自己に帰せしめん」と、僧が問うときの「山河大地」が感覚知識としての自然現象であるかぎり、それは自己の外に立つものでしかあり得ない。一つになり得ないものが一つになるのは自己がその底を打ち破って現成するときであり、悉有それ自体透徹し脱落するときであり、単なる思量を超えたところにおいてである。仏の身心が渓声山色であり、それが説法し、八万の偈を誦するのはそういうところにおいてである。山が常に運歩し、流れるのもまた、そうである。自己の運歩を疑わないなら、山の運歩も疑うことはできない。なぜなら、山も自己も突きつめてみれば一つなのであるから。一切の存在は二のない一つの現成であることを明らかにし得るかどうか、そこが重要なのである。

注

（1）『岩波仏教辞典』岩波書店、一九八九、三五六頁

（2）『日本国語大辞典』第二版、第六巻、小学館、二〇〇一、九二六頁

（3）柄谷行人『言葉と悲劇』（講談社学術文庫、一九九三）には、日本的「自然」がナルシズムに陥りやすいことを批判して、次のようにある。「かりに禅宗でもなんでもいいんですが、「悟った」人の意識が勝手に変容して世界が新しくなったとしても、その横にいる他人に対しては、そのことはまったく関係ないわけです。自分が良くなればそれでいいのですから。したがって、「自然」の論理というのは、ナルシズムと共同体、決まってそういうものと結びついていると思います」。（二〇六頁）とある。しかし、ここで問題にしていることを、「禅宗」と一括りにしてしまうことはできない。

（4）『佛教大事典』（小学館、一九八八）によれば、四句分別とは、「存在物を肯定・否定・複肯定・複否定の四種の方法をもって考察すること。たとえば、一切世界は、①「常である」②「無常である」③「常であって無常である」④「常でもなく無常でもない」という四句をいう。すなわち、一つのある命題をAとすれば、①「A」②「非A」③「Aであって非A」④「Aでもなく非Aでもない」という形式になり、前の二つを両単、後の二つを倶是倶非とよぶ。この場合、Aと非Aは、まったく領域を異にする集合である場合、また条件付けによっては、たがいに共通する領域をもっている場合がある。（三七八頁）

（5）木村敏『あいだ』弘文堂、一九八八、一九一頁

（6）竹内整一『「おのずから」と「みずから」――日本思想の基層』春秋社、二〇〇四、四八頁

（7）森三樹三郎『老荘と仏教』（講談社学術文庫、二〇〇三）には、中国での「空」の受け止め方について、「般若の空を老荘の無の観念を通じて理解しようとした。このように外典の観念ないし用語を用いて仏教を理解しようとすることを格義とよんでいる。」「『無量寿経』の漢訳・呉訳・魏訳は「自然」ないし「無為自然」の語を多用しているが、いずれもその翻訳経典そのものがすでに格義を実行しているのであり、老荘的色彩が濃厚であると言える」。（一六七頁）とある。

（8）他力の思想は早くは曇鸞に現れ、さらに遡れば龍樹に発するとされているから、老荘とは無関係に生まれたものであるが、他力を強調し徹底させ、意識的な努力、人為を捨てる親鸞の場合、それは老荘的意味での「無為」に通じ、さらにこれと裏表の関係にある「自然」と結びつくという見方もある（森三樹三郎、前掲書、二六五頁）。しかし、親鸞が他力信仰の前に主体性を放棄しているというわけではない。他力と自然法爾について、西田幾多郎は、「日本文化の問題」において次のように述べている。「親鸞の自然法爾と云ふ如きことは、西洋思想に於て考へられる自然といふことではない。…それには事に当つて己を尽すと云ふことが含まれてゐなければならない。そこには無限の努力が包まれてゐなければならない。…絶対他力とは現実即実在と云ふことでなければならない。すべての物の上に生命の躍動を感ずることでなければならない。道元が生死について云ふ様に「此生死は即ち仏のお命なり、これを厭ひ棄てんとすれ

ば即ち仏のお命を失はんとするなり…」と云ふことでなければならない。…然るに親鸞の自然法爾の自然と云ふのは、西洋の自然の考と逆の方向に、人間そのものの底に人間を否定したものでなければならない。それは事に徹すると云ふことである。身心脱落脱落身心の立場、更に徳山の無事於心無心於事の立場である」。(『西田幾多郎全集』第一二巻、岩波書店、一九六六、三六九頁)

(9)『続伝燈録』巻九、大正大蔵経五一、六六九下

(10)『景徳伝燈録』巻二、大正大蔵経五一、二一二下

(11)『嘉泰普燈録』二五

(12)『華厳経』大正大蔵経九、四三一上

(13)有福孝岳『道元に親しむ――道元の自然思想』学生社、一九九一、七四頁

(14)保坂幸博『日本の自然崇拝と西洋のアニミズム』新評論、二〇〇三、一七〇頁

(15)第一章、第一節「正法眼蔵の時間論」参照。

(16)平川彰「空観の性格」『講座仏教思想第三巻』理想社、一九七五、一九一頁

(17)竹内整一『「おのずから」と「みずから」』(前掲)には、次のようにある。「日本においても、思想の名に値する幾多の優れた思想においては、こうした自然の「おのずから」の働きは、「みずから」をそのうちにおさめながら、なお「みずから」には如何ともしがたい向こう側の存在ないし働きとして捉えられている。「徹底」とは、「底」に徹すること、何より自己の「底」をうち破りそうしたところにまで達するという営みなのであろう」。(二三〇頁)

(18)平川彰、前掲書、一六九頁

(19)木村敏、前掲書、一九四頁

(20)西田幾多郎「場所的論理と宗教的世界観」『全集』第一一巻、一九六五、三七八頁

第二章　無常をいかに表現するか

一、正法眼蔵の言語表現論

はじめに

かつて、「如来至聖者たるべく修行する道元と、如来の教えを説きそれにもとづいて発願する道元との分裂」[1]ということが言われ、いま、初期の思想は否定されるべきで、晩年のことばこそ道元の真意を伝えているという考えも出されている。[2]道元の初期と後期で変化が見られるとしても、いつから、何が、なぜ、どういうふうに変わったのかということについては、まだまだ議論が必要だと思われる。

本稿では、言語表現に関して正法眼蔵にどのような思想が見られるかについて考えたい。ただし、ここでは、仁治三年（一二四二）の示衆「道得」を中心にして、其の前後に書かれたものについて考える。正法眼蔵のかなりの部分は、この年を中心とした前後数年間に集中して書かれている。まさに、「道得」に拍車がかかった時期といえる。ここでの言語観が晩年とどうつながるかは今後問題にされなければならないが、いずれにしても道元がこの時期、言語表現についてどういう考えをもっていたかということに関して、その根本をおさえておくことは大切なことだと思われる。

(一) 行とことば

禅の世界では「以心伝心、不立文字」といい、文字やことばによらないでその意図を伝えるものとされる。仮にことばを用いるとしても、それは一指標に過ぎず、実際に体験する過程で捨てられる。しかしまた、その体験の中で生み出されたことばが「道得」として残される。正法眼蔵は道元の道得のことばであったと考えてよいと思うが、果してそこにはいかなる意味が込められているのか。仏祖の道得を読み抜くことによって、道元はその伝統的なとらえ方を超えて独自の世界を切り開こうとする。つまり、この世界はいかようにあり、そこに生きる人間存在とは何か、そしてそれは、いかに生きるべきかにつながる。

正法眼蔵において道元は、先人のことばを解釈し新たなる論理展開を試みるが、そこでは、体験と密着したそれらのことばについて、その体験とどのように距離を取り、明晰化するかが大きな問題となる。体験に裏打ちされたことばを言語表現として自分の世界へと組み立て直す作業が必要であった。したがって、どこまでが伝統を受け継いだものであり、どこからが道元自身の道得であったかを見極めなければならない。

大慈寰中禅師いはく、説得一丈、不如行取一尺。説得一尺、不如行取一寸。〈一丈を説得せんよりは、一尺を行取せんに如かず。一尺を説得せんよりは、一寸を行取せんに如かず〉。

これは時人の行持をおろそかにして、仏道の通達をわすれたるがごとくなるをいましむるにたりといへども、一丈の説は不是とにはあらず、一尺の行は一丈説よりも大功なるといふなり。なんぞただ丈尺の度量のみならん、はるかに須弥と芥子との論功もあるべきなり。須弥に全量あり、芥子に全量あり、行持の大節、これかくのごとし。いまの道得は、寰中の自為道にあらず、寰中の自為道なり。

洞山悟本大師道、説取行不得底、行取説不得底。〈洞山悟本大師道く、行不得底を説取し、説不得底を行取す〉。これ高祖の道なり。その宗旨は、行は説に通ずるみちをあきらめ、説の行に通ずるみちあり。しかあれば、終日とくところに終日おこなふなり。その宗旨は、行不得底を行取し、説不得底を説取するなり。

雲居山弘覚大師、この道を七通八達するにいはく、説時無行路、行時無説路。〈説時には行路無く、行時には説路無し〉。この道得は、行・説なきにあらず。その説時は一生不離叢林〈一生叢林を離れず〉なり。その行時は洗頭到雪峰前〈洗頭して雪峰の前に到る〉なり。説時無行路、行時無説路、さしおくべからず、みだらざるべし。（「行持、上」『道元禅師全集』第一巻、春秋社、一九九一、一六二頁）

道元はまず、大慈寰中のことばから一丈の説得と一尺の行取のいずれが大事かを考える。一丈を説くのがいけないというのではない。ただ、一尺の行は一丈の説得よりはるかに重い。これは一丈一尺という量だけが問題なのではない、量の大小を超えて行持の大切さをいったものととる。次は、洞山良价の「行じ得ない所を説き、説き得ない所を行ず」ということばである。その意味するところは、行はことばにすることに通ずる道を明らかにし、またことばにすることが行に通ずる道となるということである。だからこそ、朝から晩までひたすら、これ以上行じ得ないところをことばにし、ことばにできないところを行ずるのである。さらにそれは、雲居道膺の「説くときは行ずる路なく、行ずるときは説く路なし」ということばに行き着く。

大慈寰中、洞山良价、雲居道膺、三人のことばを並べてみる道元の意図はどこにあるのだろうか。ことばと行が相互に影響を及ぼしあって持続的に新しい世界を開いていくということであろうが、ことばはどこまでいっても結局行に重なることはない。それをしっかりとわきまえた上でことばを言えということだろうか。

行という活動そのものはことばを発する場ではない。しかし、その容易にことばにできないぎりぎりの次元をことばにするのである。そこが大切なのであって、言語で表現することをあきらめているわけではない。むしろ、道元は、禅を標榜した言語不信論者を厳しく批判する。

あはれむべし、かれら、念慮の、語句なることをしらず、語句の、念慮を透脱することをしらず。（「山水経」『全集』第一巻、三二〇頁）

ここにいうあわれむべきかれらとは、「大宋国の杜撰のやから」であって、「黄檗の行棒および臨済の挙喝、これら理会およびがたく、これを念慮にかかわれず、朕兆未萠の大悟とする」ものたちである。かれらはことばの秩序を破壊し、合理的な思惟をむやみに否定してそれをよしとするが、道元は「語句の、念慮を透脱する」ことをめざす。ただ単にことばを否定するのではなくて、ことばのはたらきのぎりぎりのところまで考え抜くことで、ことばを「透脱」しようとする。「透脱」は「解脱」であり、「脱け出る」ことにはちがいないが、けっして「分離」の相において異物から脱出するのではなくて、その真実相をみずから顕現することによって「脱け落ちる」のである。このことは「語句」の側からみて起こることであると同時に、「念慮」の側からみても、それ自体としては「脱落」して語句の中へと真実相を顕現する。[3]

禅といえば非合理主義であり、神秘主義であり、すぐに言語を超越した領域に行ってしまうととらえやすい。禅思想の本質は思考の停止を求めることであるという説もあるが、[4]たとえいかなる行においても、思考作用をまったくなくしてしまったのでは、それをことばにつなげることは不可能になってしまうであろう。行がことばに転ずるためには、そこに知のはたらきが続いていなければならないと考える。

いはゆる海印三昧の時節は、すなはち但以衆法の時節なり、但以衆法の道得なり。このときを合成此身といふ。衆法を合成せる一合相、すなはち此身なり。此身を一合相とせるにあらず、衆法合成なり。合成此身を此身と道得せるなり。

起時唯法起。この法起、かつて起をのこすにあらず。このゆゑに起は知覚にあらず、知見にあらず、これを不言我起といふ。我起を不言するに、別人は此法起と見聞覚知し、思慮分別するにはあらず。さらに向上の相見のとき、まさに相見の落便宜あるなり。

起はかならず時節到来なり、時は起なるがゆゑに。いかならんかこれ起なる、起也なるべし。すでにこれ時なる起なり。皮肉骨髄を独露せしめずといふことなし。起すなはち合成の起なるがゆゑに、起の此身なる、起の我起なる、但以衆法なり。声色と見聞するのみにあらず、我起なる衆法なり、不言なる我起なり。不言は不道にはあらず、道得は言得にあらざるがゆゑに。起時は此法なり、十二時にあらず。此法は起時なり、三界の競起にあらず。（「海印三昧」『全集』第一巻、一二〇頁）

ここにも道元の道得の受け止め方が現れている。海印三昧の時節というのは、「ただ一切の法による」時節ということであり、このとき、「この身は一切の法から成り立っている。」一切の法から成り立っている一つの全体相、それがすなわちこの身である。「起こるときはただ法が起こる。」我が起こるとはいわない。我起はただ一切の法による。我起なるところの一切の法であり、不言なるところの我起である。不言はけっして不道ではない。なぜなら道得は言得ではないから。「思想」は言語表現として現れるが、言得ではなくて道得であるから単に「私」が語るというところを超えている。いや、「私」が語るには違いないが、「私」が言語そのものとなって自立し、「思想」そのものとなる。「思想」と「言語」の相即というかたちにおいて、「思想」と「言語」はともに「私」を超え、非私性のものになるのである。もはや、私の思想もなければ私の言語もない。あるのは、言語そのものとなった思想だけだ。このようにして私性を超えて普遍性を獲得したものが、道元において「法」といわれるものである。(5)

まさにしるべし、授記は自己を現成せり、授記これ現成の自己なり。このゆゑに仏仏祖祖嫡嫡相承せるは、これただ授記のみなり、さらに一法としても授記にあらざるなし。いかにいはんや山河大地、須弥巨海あらんや、さらに一箇半箇の張三李四なきなり。かくのごとく参究する授記は、道得一句なり、聞得一句なり、不会一句なり、会取一句なり、行取なり、説

取なり。退歩を教令せしめ、進歩を教令せしむ。（「授記」『全集』第一巻、二四七頁）

授記とは仏が修行者に対して成仏の保証を与えることである。これは一般的な意味である。これに対し、道元は、「授記を得た後に仏になると考えてはならない」という。つまり、道元は、一般的意味を否定している。授記のときに仏であり、授記のときに行もある。授記は自己を実現するのであり、授記は実現された自己である。それゆえに、仏祖から仏祖へと正しく受け継がれてきたものは授記だけである。さらにいえば、何一つとして授記でないものはないことになる。山河大地や須弥山や大海もすべて実現された自己に他ならないから授記であるという。そこにおいて、一句をいい得、一句を聞き得る。また、会得できない一句、会得された一句もある。行じて取得し、説いて取得するという。

この「山河大地」を実現された自己と見るみかたは「恁麼ならば山河をみるは仏性をみるなり」（仏性）と同じく、「仏性顕在論」つまり、如来蔵思想の発展形態であり、無常なるものをそのまま絶対として肯定するものであるという説がある。松本史朗『道元思想論』（大蔵出版、二〇〇〇）によれば、「心常相滅」説は「仏性内在論」、「山河大地」は「仏性顕在論」であり、「仏性内在論」だけではなく、「仏性顕在論」をも縁起説の否定対象として明確に論理化しなければ道元の思想は正確に把握できず、結局のところ「道元は仏性を実体的に捉える考え方（「仏性内在論」）を斥けた」という伝説的な道元讃美に帰着してしまう、といわれる。この立場からみるならば、この「山河大地」は、自己の表現となるよりは、何ら主体的思考ももたず、知性を否定するものととらえられるかもしれない。しかし、ここで「仏性顕在論」と一括されているものがすべて主体を放棄した見方であるとは思われない。

『山水経』の冒頭に「而今の山水は道現成なり」とある。道とはいうことであって、いったことがすべて実現しているというのが道現成である。そこにはいうというはたらきがある。そして、ことばがまさに現実になったものこそ山水であり、山河大地である。しかし、このようにいうと、「ことばを通して事が事としてあらわれる。これも事がことばに乗り移ってしまうような仕方で乗り移って、ことばを事そのものにしてしまうような仕方で事をあらわす」（上田閑照『ことばの実存』筑摩書房、一九九七、一五頁）と「言霊」と同じようにみられそうであるがそうではない。いま現実に山水がそのようなものとして現れることも、言語そのものとなった思想、法の一つのすがたと考えることができる。したがって、これは「行じて取得」され「会得された一句」、一つの表現であって、それ以上でもそれ以下でもない。

（二）　いかに表現するか

表現ということについて考える場合、思いつくのが次の一節である。

有時意到句不到、有時句到意不到、有時意句両倶到、有時意句倶不到〈有時は意到りて句到らず、有時は句到りて意到らず、有時は意句両つ倶に到る、有時は意句倶に到らず〉。

意・句ともに有時なり、到・不到ともに有時なり。到時未了なりといへども不到時来なり。意は驢なり、句は馬なり。馬を句とし、驢を意とせり。到それ来にあらず、不到これ未にあらず。有時かくのごとくなり。到は到に罣礙せられて不到に罣礙せられず、不到は不到に罣礙せられて到に罣礙せられず。意は意をさへ、意をみる。句は句をさへ、句をみる。礙は礙をさへ、礙をみる。礙は礙を礙するなり、これ時なり。礙は他法に使得せらるといへども、他法を礙する礙、いまだあらざるなり。我逢人なり、人逢人なり。我逢我なり、出逢出なり。これらもし時をえざるには、恁麼ならざるなり。又、意は現成公案の時なり、句は向上関棙の時なり。到は脱体の時なり、不到は即此離此の時なり。かくのごとく辦肯すべし、有時すべし。（「有時」『全集』第一巻、二四五頁）

ここでは時について語っているが、それはそのまま表現の問題を説いている。

あるときは、思いは届いてもことばが届かない。あるときは、ことばは届いても思いが届かない。あるときは、思いもことばも届いている。あるときは、思いもことばも届かない。思いもことばも、届くも届かぬも、ともに有時である。われわれにとってことばがどのようなものであるかをよく表している。「意は意をさへ、意をみる。句は句をさへ、句をみる。礙は礙をさへ、礙をみる。礙は礙を礙するなり」で、表現があらゆる場合に成り立つことをいう。まったく邪魔されることがない。それが有時なのである。それが我が人に逢うことであり、人が人に逢うことであり、我が我に逢うことであり、逢うことが逢うことに逢うということである。しかし、こうしたことは時をえなければ、このようにはならない。「意は現成公案の時なり、句は向上関棙の時なり」である。これは「諸仏諸祖は道得なり」という道元の言語観の根本を語っている。

道得とはことばにしていうことである。しかし、ただ単にことばにすることだけではない。むしろ、表現として生かしきるといったほうがよく、それは必ずしも口に出していうことだけを意味しない。いい得ているか、いい得ていないかが問題である。場合によっては、身振りや動作で表すこともある。しかし、十分な表現ができるためには、それに見合うだけのものが体得されていなければならない。そこに功夫が必要である。

このときは、何十年の間も道得の間隙なかりけるなり。しかあればすはち、証究のときの見得、それまことなるべし。かのときの見得をまこととするがゆゑに、いまの道得なることは不疑なり。ゆゑに、いまの道得、かのときの見得をそなへたるなり、かのときの見得、いまの道得をそなへたり。このゆゑにいま道得あり、いまの見得あり。いまの道得と、かのときの見得と、一条なり、万里なり。いまの功夫、すなはち道得と見得とに功夫せられゆくなり。（「道得」『全集』第一巻、三七四頁）

道元は道得と功夫との関係について次のようにいう。修行し、功夫し、仏祖のことばにうなずくとき、そのことばはいつの間にか長年の功夫となって渾身のことばが得られる。そのときの体得が真実であるならばいまいい得ていることも疑いようがない。いまの表現はその体得をそなえているし、またその体得はいまの表現につながる。したがって、いまの表現とそのときの体得は一連なりである。いまの功夫はさらに表現と体得へと養われていく。正当脱落のときには、おのずから道得のことばが実現している。それは心の力でもなく、からだの力でもなく、ひとりでにことばとなる。

しかあれども、この道得を道得するとき、不道得を不道するなり。道得すると認得せるも、いまだ不道得底を不道得底と証せざるは、なほ仏祖の面目にあらず。仏祖の骨髄にあらず。（同、三七五頁）

ここには道得はことばだけではないということがいわれている。仏道のことばを表現するとき、ことばでいい得ないものは、いわないのである。たとえことばでいい得ることを認知体得しても、ことばでいい得ないものをいい得ないものとして証究していかなければ、なお仏祖の境地ということはできないし、仏祖の骨髄ではないという。ことばでいい得ないものもまた道得として認めるところに、言語表現の奥行きがある。それは沈黙の言語といってもよい。そこでは、意味指示的な言語は解体されてしまう。

一生不離叢林は、一生不離道得なり。兀坐不道十年五載は、道得十年五載なり、一生不離不道得なり、道不得十年五載なり、坐断百千諸仏なり、百千諸仏坐断你なり。（同、三七六頁）

一生叢林を離れないということは、一生表現を離れないということである。無言の不動坐禅の十年、五年は実は表現の十年、五年である。また一生無言を離れないということである。あるいは、いおうにもいい得ない十年、五年である。

ここにいう「道」「不道」は、「一生不離叢林」を前提にしている。「諸仏諸祖は道得なり。ゆゑに仏祖の仏祖を選するには、かならず道得也未と問取するなり」。とあり、また「他人にしたがひてうるにあらず、わがちからの能にあらず、ただまさに仏祖の究辦あれば仏祖の道得あるなり」。ともあるように、道得は「叢林」においてこそ意味をもつ。

この「道」「不道」は客観的事実をいっているのではない。仏祖の道得として説くことの必然性を示している。日常の次元において「道」であるものが、「空」の立場からは「不道」でありえ、逆に「不道」であるゆえにこそ「道」であり得るということも成り立つ。「やまこれやまといふにあらず、山これやま、といふなり。」(山水経)とある。ここには、「AはAでない。ゆえにAである」。という『金剛般若経』の「即非の論理」に通じるものがある。ややもすればわれわれは現象の根底に基体としての実体を想定する。そのことによって言語の意味が確定すると考えられる。そこに観念が生じ、執着が生じる。ところがその実体が存在しないことをいうのが「空」である。それによって言語の意味そのものが流動化し、不確実性が生じる。われわれが確定したと考えていることばの意味は、実はそれほど確かなものではないのではないか。われわれが固定化して考えていることばと意味の関係を流動化させるとき、より高次の世界が開かれてくるのではないか。(6)

とはいえ、またこの基体を否定する「空」にも、たえず基体としての「空」が入り込む可能性がある。「空」のもつ自己否定性が失われ、現実をそのまま絶対的に肯定してしまう危険性がたえずあることを忘れてはならない。

道得、不道得、かみをそられ、かみをそる。しかあればすなはち、道得の良友は、期せざるにとぶらふみちあり。道不得のとも、またざれども知己のところありき。知己の参学あれば道得の現成あるなり。(同、三七九頁)

雪峰義存は僧に「おまえがいうべきことをいうならばおまえの頭を剃るまい」といったが、僧は頭を洗って雪峰の前にやってきた。いったいかれは、いい得るものとしてきたのか、いい得ないものとしてきたのか。

雪峰は僧を検討し、僧は雪峰を見抜いた。いい得るもよく、いい得ざるもよし、僧は髪を剃られ、雪峰は髪を剃った。ことばで表現し得る雪峰と、ことばを超えている僧はすでに知己となっていた。たがいに己を知るところの参学があれば真実のことばが実現するという話である。

これは、「私」と世界のかかわりが言語を通してどのようにして成り立つかを示している。「道」「不道」を徹底して問い、それを言語によって解体してしまうとき、その言語は他者とのさらなるコミュニケーションを生み出すことになる。いったん日常の有意味的世界を壊し、そこで個と個がぶつかりあうことによって緊張が生まれ、新たな関係が作り出される。

ここでは、不道得であり道不得であっても、道得の現成につながってしまう。道得は真理を表現しなければならない。いえなければ意味がない。しかし、表現はいつでも言語で行われるわけではない。頭を洗って雪峰の前にやってきた僧の行動は、一つの表現でありえているわけである。これも広義の言語表現である。

かつてインドにおける空の思想は、言語と意味の一義的な関係に疑いを呈し意味の実体化を否定した。しかし、そこでは逆説的な表現が用いられていても、必ず論理的に解明でき、したがって一義的に意味を確認できる構造になっている。それに対して、禅の言語は必ずしも常にというわけではないが、少なくともその決定的な場面において、言語が意味を一義的に確定するというその前提そのものを危うくする。(7)

こうしてみると、道元の表現論はあきらかに禅の伝統を受け継いでいることが分かる。

(三) ことばと世界

画餅という巻がある。ふつう画餅とは、絵に描いた餅では腹はふくれないことをいう。道元はこれにまったく違った解釈をしている。実はつきつめて考えれば、「私」自身も、「私」を取り巻く世界も根拠のない画餅にすぎないと考えることもできる。いくら食っても結局腹を充たすことなどできないと思われている画餅によってこそ、飢えを充たすことができる。まさに世界は一表現たる一幅の画にすぎないのかもしれない。

いま山水を画するには、青緑丹雘をもちゐ、奇巌怪石をもちゐ七宝四宝をもちゐる。餅を画する経営もまたかくのごとし。人を画するには、四大五蘊をもちゐる、仏を画するには、泥龕土塊をもちゐるのみにあらず、三十二相をもちゐ、一茎草をもちゐる、三祇百劫の熏修をもちゐる。かくのごとくして一軸の画仏を図しきたれるがゆゑに、一切諸仏はみな画仏なり、一切画仏はみな諸仏なり。画仏と画餅と撿点すべし。いづれか石烏亀、いづれか鉄拄杖なる、いづれか色法、いづれか心法なると、審細に功夫参究すべきなり。恁麼功夫するとき、生死去来はことごとく画図なり、無上菩提すなはち画図なり。おほよそ法界虚空、いづれも画図にあらざるなし。(「画餅」『全集』第一巻、二七〇頁)

いま山水を描くのにさまざまな絵の具を使い、奇岩を配し七宝四宝を取り合わせる。餅を描くのも同じ。人物を描くさいには四大五蘊、仏を描くさいには泥の塔や土の像を用いるだけでなく、三二種の仏相を用い、あるいは一本の草を用いる。また気の遠くなるような長い間の修行のかおりを用いる。このようにして一軸の画仏を描いてきたのであるから、一切の諸仏はみな画仏である。また、一切の画仏はみな諸仏である。このような画仏と画餅をよくよく検点すべきである。どちらが石の烏や石の亀か、どちらが鉄の杖か、どちらが物的なもので、どちらが心的なものか、つまびらかに功夫参究すべきである。このように功夫していくとき、生死去来(この世の現実経験)はすべて描いた絵である。究極の悟りも同様に描いた絵である。およそ全世界も虚空も、ことごとく描いた絵でないものはない。

餅を画くとはすなわち、表現することであると同時に、世界を現成することである。餅は画餅として存在し、画であり、餅であり、法である。画餅は存在のすべてであり、画餅の世界を現出している。この画餅の現成を生み出す「画図」を一般化すれば、世界のすべての存在は「画図」によってのみ成り立つ。人が生き、行じ、究極的にたどりつくところ一切が「画図」である。

一動一静、しかしながら画図にあらざるなし。われらがいまの功夫、ただ画よりえたるなり。十号、三明、これ一軸の画なり。根・力・覚・道、これ一軸の画なり。もし画は実にあらずといはば、万法みな実にあらず。万法みな実にあらずば、仏法も実にあらず。仏法もし実なるには、画餅すなはち実なるべし。（同、二七一頁）

一つ一つの動静がすべて描いた絵でないものはない。われわれの修行も功夫もただ絵から得たものである。仏の十種の名前や三種のはたらきも一軸の絵である。また、仏道のさまざまなはたらきや方法である五根・五力・七覚支・八正道なども、一軸の絵である。もし絵は事実でないというならば、すべての事象はみな事実ではない。すべての事象が事実でないならば、仏法も事実ではない。仏法がもし事実である場合には、画餅はすなわち事実であろう。

これは存在の無常をを語っている。画は実体ではない。根拠は「空」である。画についての思考を排除するのではなく、その否定的側面に眼をむけ、実体をもたず「空」なる画を概念化することによって、それを現実化する。画に根拠はない。画は「私」でもある。「私」は根拠なく生まれ、生き、死ぬ。手放しで肯定できるものなどどこにもない。それが現実である。「私」が世界をそういうものとしてみることによってしか存在と呼べるものなどありはしない。画という非在を、無常なるものを、存在の意味として受け止めることによって、すべては鮮烈な驚きとともに現出する。

それは客観的現象ではない。そして、その現象を見つめる当の「私」は縁起のなかに繰り込まれている。いま、ここにあるこの現実には、たえず自己否定が切れ込んでいる。それが無常なるもののすがたである。そこには無常の時間性がある。

まさにしるべし、空は一草なり、この空かならず華さく。百草に華さくがごとし。この道理を道取するとして、如来道は空本無華と道取するなり。本無華なりといへども、今有華なることは桃・李もかくのごとし、梅・柳もかくのごとし。梅昨無華、梅春有華と道取せんがごとし。しかあれども、時節到来すればすなはち華さく、華時なるべし、華到来なるべし。この華到来の正当恁麼時、みだりなることいまだあらず。梅柳の華は、かならず梅柳にさく。華をみて梅柳をしる、梅柳をみて華をわきまふ。桃李の華、いまだ梅柳にさくことなし。梅柳の華は梅柳にさき、桃李の華は桃李にさくなり。空華の、空にさくも、またまたかくのごとし。さらに余草にさかず、余樹にさかざるなり。空華の諸色をみて、空華の無窮なるを測量するなり。空華の開落をみて、空華の春秋を学すべきなり。空華の春と余華の春とひとしかるべきなり。空華のいろいろなるがごとく、春時もおほかるべし、このゆゑに、古今の春秋はあるなり。空華は実にはあらず、余華はこれ実なり、と学するは、仏教を見聞せざるものなり。空本無華の説をききて、もとよりなかりつる空華の、いまあると学するは、短慮少見なり。進歩して遠慮あるべし。（「空華」『全集』第一巻、一三二頁）

空華とはむなしい華、幻の華という意味である。実際そういう華はないのだから、迷いが消えればそれは消えるというのが一般的な解釈である。それに対し、道元はそれを打破していく。道元によると、空華こそ本当の華であり、真実である。道元にとって、空華の全現実は全体が一つの仏として成り立っており、それが明々白々なしかたで言語の問題に適用されていく。言語表現の問題がそのまま存在の構造を明らかにしていく。また、次のような表現もある。

塔中に霊山あり、霊山に宝塔あり。宝塔は虚空に宝塔し、虚空は宝塔を虚空す。（「法華転法華」『全集』第二巻、四九五頁）

宝塔は虚空においてしかあり得ないが、その虚空が宝塔を存在せしめるとともに、どこまでもその存在様式を決定し、現成する。「虚空は…虚空する」があってこそ、「宝塔」は現実化する。そこに「虚空する」という表現が独自性をもって成立する。

夢中説夢という巻がある。夢といえばはかないもののたとえとしてよく使われる。ところが、ここでは夢の中で夢を説くといいながら、じつは、それはこれほど確かなものはないという世界なのである。まず全世界として現れているのはことごとく夢であるとみる。この夢は明々白々なる万象である。これは夢であろうかと疑う、するとまさにそれが夢である。千々に乱れ紛う、それもまた夢である。いかなるものも夢でないものはない。

しるべし、きのふの夢中説夢は夢中説夢を夢中説夢と認じきたる。如今の夢中説夢は、夢中説夢を夢中説夢と参ずる、すなはちこれ値仏の慶快なり。（「夢中説夢」『全集』第一巻、二九八頁）

昨日も夢の中で夢を語って、これが夢中説夢であると認知できたし、今日も夢の中で夢を語って、これが夢中説夢であると学んでいる。これこそ仏に会うている喜びであるという。これは語られた世界であり、ことばによって生まれる世界である。手にとって確かめようがない。気がつかないものには信じられないようなことであるが、これほど確かな世界もない。全世界はくらまされようもない因果の現れであり、諸仏のことばは間断なく行われ、かつ持ち続けられている。道元は、まったく逆説的に夢こそ確かな世界であるといおうとしている。

おわりに

「道得」というのは言語表現をしえたということで、「得」にはしおおせたという意味が含まれている。「昔よりいまだ一語も道著せざるを、その人といふことといまだあらず」（心不可得）というように、一語をいわねばならないし、いわなければ存在を存在とすることができないが、それはどんなことばであってもよいというわけではなく、自分にとって存在に関するすべてをいいあてていることばでなければならない。それほどことばは重要であると考えられている。

「道」はいうことであるとともに、みちの意ももつ。仏道のことばはそのまま行くべき道となる。いうところが存在の全体であり、いわれることで真に存在となる。つまり、真実の自己表現こそ存在を存在たらしめるのである。そういう言語観を道元はもっている。それが道元のことばに対する考え方であるといってよいだろう。

ところで、仁治三年を中心にみたこの言語観は、晩年において変化したのだろうか。「道得」ということばは一二巻本ではほとんど使われていない。そして、これまでの強靱で張りつめた文体は、平明で淡々としたものになる。そこに何らかの変化があったと考えざるを得ないだろう。その問題を解く鍵は「自未得度先度他の心」が行の中心に据えられていくことにある。それは、わかりやすいことばで書かれなければならなかった。そこにさらなる表現論への模索があったとみることができるだろう。そのことについては、稿を改めて考えたいと思う。

注

（1）寺田透『道元の言語宇宙』岩波書店、一九七四「かれにとって頼るべき至高者はなく、分裂を処理してくれるものはないのだ、当人を除いては。かくてふたたび衆生はとりのこされる。道元はしかし「参学の輩ら、菩提心をさきとして、仏祖の洪恩と報ずべくは、速やかに諸因諸果を明らむべし」（深信因果）と信じて、因果に対する「不亡（忘）不昧」の道をすすむ」（二四五頁）。

（2）袴谷憲昭『道元と仏教』大蔵出版、一九九二「道元は論理的にはやはり正しい仏教を求めて変わっていったのであり、その晩年においてほぼ完全に禅を払拭しえた形で著述したものが十二巻本『正法眼蔵』であったのである」（三八頁）。たしかに、禅のあり方は変わったかもしれないが、「完全に払拭しえた」といえるかどうか、疑問である。

（3）森本和夫『道元とサルトル』講談社、一九七四、二〇〇頁。

（4）　松本史朗『禅思想の批判的研究』大蔵出版、一九九四「仏教では、禅は知慧を得るための手段としてのみその意義が認められると述べたが、しかし私見によれば、これは極めて困難なことだと思われる。というのも、禅そのものの中に知慧を本質的に否定する契機が含まれていると考えるからである。つまり、私見によれば、禅とは〝思考の停止〟を意味し、〝思考の停止〟をめざすものであると思われる。そして、もしそうであるとすれば、知慧が思考よりなることは明らかであるから、禅が知慧を否定するものであることも、また確実であるということになる」（三頁）。たしかに、「思考の停止」をめざすと思える禅もあるが、それが禅のすべてだとは考えない。

（5）　森本和夫　前掲書、二〇三頁。

（6）　末木文美士『仏教―ことばの思想史』岩波書店、一九九六「「空」を実体の無と見るか、「空」なる一種の実体の存在を認めるかである。「空」は「非有非無」であるといわれるが、このようにまったく反対の「有」か「無」かへ向かう両義性、あるいは「あいまいさ」をそれ自体有する」（一八四頁）。したがって、「空」がどういう意味をもつかについては慎重でなければならない。

（7）　末木文美士『解体する言葉と世界』岩波書店、一九九八、一二頁。

二、正法眼蔵における「授記」の転位

はじめに

授記とは、記別、記説ともいわれ、もとは教説を分析したり、また問答体を用いて解説することを意味したが、のちには、未来世において必ず仏となることを予言し、保証を与える、悟りに関する証言をさすようになった。原始仏教経典には、釈迦が過去世において燃灯仏から成仏を授記されることや、弥勒が釈迦から悟りの証言を得るといったことが述べられている。また、大乗経典には法蔵菩薩が世自在王仏から将来阿弥陀仏になるとの授記を得たことを記す『無量寿経』の記述があり、『法華経』には舎利弗ら声聞の授記に関する説明がある。

仁治三年（一二四三）四月二五日の日付をもつ正法眼蔵「授記」は、その歴史的意味を踏まえたものであることは

まちがいないが、またそれまでの授記という語との間に決定的な違いをもつことも確かである。この授記に関してどこまでが仏教の伝統に即したものであり、どこからが根本的な転回とみなし得るものなのか、それを明らかにしたいと考える。

(二) 授記—読みの可能性—

① 伝達の場としての授記

授記は元来ことばをどう受け止めるかという問題に関わる。成仏の予言といい保証とはいっても、何を予言と取り保証と取るかは多様であり得るからである。したがって、古来それを八種に分けて考えた。「一ニハ者自己ハ知リテ他ハ不レ知ラ。二ニハ者衆人尽ク知リテ自己ハ不レ知ラ。三ニハ者自己・衆人倶ニ知ル。四ニハ者自己・衆人倶ニ不レ知ラ。五ニハ者近ハ覚シ遠ハ不レ覚セ。六ニハ者遠ハ覚シ、近ハ不レ覚セ。七ニハ者倶ニ覚ス。八ニハ者倶ニ不レ覚セ」(『菩薩瓔珞経』巻九、「授記」『道元禅師全集』第一巻、春秋社、一九九一、二四八頁に引用)。

つまり、仏から修行者への伝達という根本的な要素を含んでいるにもかかわらず、その伝達がいかに行われるかが問題なのである。授記とは、覚知し得た悟りを意味の場としてのことばに移して伝えることである。その意味の場を持ち得ないものには、「夢也未見」、すなわち、夢にも見たことのないところとなるしかない。しかし、道元は、授記にはさまざまな「時節」があるという。「いまだ菩提心をおこさざるものにも授記す。無仏性に授記す、有仏性に授記す。有身に授記し、無身に授記す。諸仏に授記す。諸仏は諸仏の授記を保任するなり」(「授記」『全集』第一巻、二四七頁)。仏道修行の心があるかないか、仏性について知っているか知っていないか、身体を通すか通さないか、それらにかかわりなく授記を伝える。もちろん、覚者と呼ばれるものにも伝える。あらゆる時節において伝えるという。誰に、いつ伝えるかという点からいうと、最澄の授記思想に通じるものがある。[1] しかし、次のようなところを読むと、明らかに道元の授記の独自性に気づく。

> 得授記ののちに作仏すと参学すべからず、作仏ののちに得授記すと参学すべからず。授記時に作仏あり、授記時に修行あり。このゆゑに、諸仏に授記あり、仏向上に授記あり。自己に授記す、身心に授記す。授記に飽学措大なるとき、仏道に飽学措大なり。身前に授記あり、身後に授記あり。自己にしらるる授記あり、自己にしられざる授記あり。他をしてしらしめざる授記あり。（「授記」『全集』第一巻、二四七頁）

ここには、「〜してからのちに」ということがない。そこには受ける側からいうと、授記を得て初めて成仏するという意味、覚者として他のものと特別扱いされ、許されるといった意味がない。授記は作仏のときであると同時に修行のときでもある。いわゆる覚者には、その人に伝えることばがあり、その覚者の悟りを抜け出していくところにも、悟りを伝えることばがある。そしてそこに他から自へという次元をこえた授記の伝達のあり方が導入される。「自己に授記す」というのは、自分の悟りを自覚するはたらきをいうのであり、それは自分の身心に悟りを伝えることばでもある。自分が得たことばによってその意味を自分の身心に伝えるのである。そしてそのことばが十分に意味をもち、身心に満たされるから、「仏道」は充実したものとなっている。「作仏」の前と後という制限を設ける必要がない。確かなかたちでそのことばの意味を知っている場合もあるが、意味が十分にはわからないというしかたで受け取ることばもある。それゆえ、次のようにいわれる。

> しかあれば、いまこの臭皮袋の精魂に識度せられざるには授記あるべからず、と活計することなかれ、未悟の人面にたやすく授記すべからず、といふことなかれ。よのつねにおもふには、修行功満じて作仏決定するとき授記すべし、と学しきたるといへども、仏道はしかにはあらず。或従知識して一句をきき、或従経巻して一句をきくことあるは、すなはち得授記なり。（「授記」『全集』第一巻、二四八頁）

悟りのことばはすべてに開かれており、こんなつまらない自分の心に悟りのことばは伝わらないとか、悟りから遠く隔たっている自分などに悟りのことばが伝わるはずがないとかいってはならない。修行の成果が満ち、覚者としての資格が備わったときに悟りを伝えることばがあると考えやすいが、そうではないという。善知識（教えを説いて導く徳の高い人）から聞く一句、書籍仏典から聞く一句こそ悟りのことばであり、それが授記を得るということである。(2)

古来釈尊と摩訶迦葉との間にいわゆる「拈華微笑」があって、法の真髄が伝えられたといわれるが、その伝達が釈尊と摩訶迦葉との間にだけあったのかというとそうではなく、それは遙かな隔たりを一気に超えて、ここにいう授記は無碍自在である。

しるべし、青原の、石頭に授記せしときの同参は、摩訶迦葉も青原の授記をうく、青原も釈迦の授記をさづくるがゆゑに、仏仏祖祖の面面に、正法眼蔵附嘱有在なることあきらかなり。（「授記」『全集』第一巻、二五〇頁）

六祖慧能（六三八〜七一三）から青原行思（〜七四〇）へというつながりは歴史の流れに沿ったものであり当然であるとしても、青原行思が石頭希遷（七〇〇〜七九〇）に授記したときに伝えたことばは、そのまま摩訶迦葉（釈尊の十大弟子の一人、第一祖）が青原行思から受け取ったものでもある。遠く時代を越え、常識を超えているが、青原行思は釈尊の授記を伝えているのであるから、それがいえるのである。順序を越え、また逆も成り立つところにこの授記の特徴がある。青原行思のところから見れば、釈尊が伝えるべきことばを青原行思が摩訶迦葉に伝えるのである。

②　自己と非自己

このように伝えられる授記には様々な時節があり、自分でその意味を十分知っている場合もあれば、その意味が理解できない場合もある。しかし、そこにいかなる意味においても「自己」がかかわっていることは確かであり、授記と「自己」のかかわりについて考えてみなければならない。

まさにしるべし、授記は自己を現成せり。授記これ現成の自己なり。このゆゑに、仏仏祖祖、嫡嫡相承せるは、これただ授記のみなり。さらに一法としても授記にあらざるはなし。いかにいはんや山河大地、須弥巨海あらんや。さらに一箇半箇の張三李四なきなり。かくのごとく参究する授記は、道得一句なり、聞得一句なり。不会一句なり、会取一句なり。行取なり、説取なり。退歩を教令せしめ、進歩を教令せしむ。いま得坐披衣、これ古来の得授記にあらざれば現成せざるなり。合掌頂戴なるがゆゑに現成は授記なり。（「授記」『全集』第一巻、二四七頁）

授記は自己を現成するのであり、授記は現成する自己である。受け継がれてきたものは授記だけであり、何一つとして授記でないものはない。山河大地、須弥巨海もまた現成された自己に他ならないのであるから、授記以外の何者でもない。授記とは、道い得た一句であり、聞き得た一句なのであり、この一句とは意味の場としてことばの実現するところである。(3) あらゆる行為はこのことばによって成り立つ。それはこの自己において行われる。それではこの自己とは何であろうか。

元来インド諸哲学が個人をさらに掘り下げて常・一・主・宰のアートマン（我）を最重視しそれをめぐって展開するのに対して、仏教はそのような「我」を否定し、「我」そのものを諸要素の集合したものとみる。色・受・想・行・識の五蘊説と眼・耳・鼻・舌・身・意の六入説がそれである。(4) 我とはこのような諸要素より成り、けっして実体とみられるべきものではない心的活動の一つのあり方としての「わたし」は身体としてあり、「わたし」の世界との相互作用のうちに実現している。「わたし」は実体ではなく、むしろ関係であるということができる。[5] また、身体としてあるということは、知覚し、行為する「わたし」であることを意味し、それがあってこそ考える「わたし」も可能になる。さらに、身体として存在することは、生と死を含む生命の歴史における一つの現れであることにもなる。その歴史において受け継がれていくものとの連関抜きにしては存在し得ない。「わたし」とは、身体であり、他者を含めた環境世界との連関において存在する。[6]

道元が「山河大地、須弥巨海」もまた「現成の自己」すなわち「授記」であるというとき、この連関のことを語っているのではないかと思われる。当然この自己は行為する主体としての自己であり、わがものとしての固定的我・自我ではない。「この世で自らを島とし、自らをたよりとして他人をたよりとせず、法を島とし、法をよりどころとして他のものをよりどころとせずにあれ」(『ブッダ最後の旅、大パリニッバーナ経』中村元訳、岩波文庫、一九八〇、六三頁)にある、たよるべき自己とはあくまでも無常、無我あるいは空を前提として縁起しつつある存在の事実にかかわり、行為を選択する主体としての「わたし」である。[7] 自己のあり方を絶えず批判的にみて自らを決定する自己である。したがって、ここではあらかじめ設定されている「わたし」が問題なのではなく、「わたし」は何であり得るかという「わたし」への問いこそが意味をもつ。[8]

しかあればすなはち、仏祖いづれか百草にあらざらん、百草なんぞ吾・汝にあらざらん。至愚にしておもふことなかれ、みづからに具足する法は、みづからかならずしるべしと、みるべしと。恁麼にあらざるなり。自己の知する法、かならずしも自己の有にあらず。自己の有、かならずしも自己のみるところならず、自己のしるところならず。しかあれば、いまの知見思量分にあたはざれば自己にあるべからず、と疑著することなかれ。(「授記」『全集』第一巻、二五〇頁)

「わたし」は「わたし」自身をとらえる「わたし」のように見えて、実はどこまでいっても「わたし」をとらえきることはできない。「わたし」の目を通して見る世界に、その「わたし」の目は見えてこない。しかし、そのとき、「わたし」が見ているのだと信じている。どこまでいっても「わたし」が見えていない情景を、「わたし」の情景だと思っている。いつもいわばその扇の要になるところに「わたし」の目がある。「わたし」という現象は、限られた世界のその要において起こるものであり、したがって、人間は自分のことを自分が知っていると思っているほどには知っていないといえる。[9]むしろ、その見えていないというそのあり方によってこそ「わたし」は提示されているともいえる。「いまの知見思量分にあたはざれば自己にあるべからず、と疑著することなかれ」とは、このことをいっているのではないかと思う。限定され、いわば閉じられた「わたし」から、そのような「わたし」を成り立たしめている関係性に目を向け、「わたし」が知り、見るためにこそ背景に退かねばならぬ「わたし」ならざるものを自覚せよというのである。[10]それは、「わたし」ならざるものでありながらの「わたし」である。「わたし」はそのようなものとしてもある。

鏡清雨滴声[11]

聞（く）ままにまた心なき身にしあればおのれなりけり軒の玉水（『道元禅師全集』下巻、筑摩書房、一九七〇、四一五頁）

閉じられた「わたし」の枠をこえ、見えるもの（見える「わたし」）見えざるもの（「わたし」でありながら「わたし」ならざるもの）の連関のうちに世界をとらえるとき、聞こえてくる軒の玉水はそのまま自己そのものとなる。「自己をならふといふは、自己をわするる」といい、「万法に証せらるる」（「現成公案」『全集』第一巻、三頁）というのは、まさにこのことだと考えてよい。しかし、ここにいう「見えざるもの」が、現実の有限な枠、人間の限定的な考えを超えたものであるとしても、それは安易に絶対化されるわけではない。

自己の、真箇に自己なるを会取し、聞取し、道取すれば、さだめて授記の現成する公案あるなり。授記の当陽に、授記と同参する功夫きたるなり。授記を究竟せんために、如許多の仏祖は現成正覚しきたれり。授記の功夫するちから、諸仏を推出するなり。このゆゑに、唯以㆓一大事因縁㆒故出現〈唯だ一大事因縁を以ての故に出現す〉といふなり。その宗旨は、向上には非自己かならず非自己の授記をうるなり。このゆゑに、諸仏は諸仏の授記をうるなり。（「授記」『全集』第一巻、二五一頁）

自己といっても、真に自己といえるものを会得し、聞き取り、表現できたならば、かならず授記とよべるものが普遍性をもって法として成立するという。しかし、「真箇に自己なる」というのが、ここでは自己のとらえ方を示そうという意図をもつものであるとしても、けっして「非本来的自己」に対する「本来的自己」があるわけではない。一般的に自我意識を生み出す分別のはたらき、つまり自我的自己と区別して、それを否定したところに、日常的自己とはちがう自己を想定しようとする見方はあるが、けっして二つの自己があるわけではない。

たとえば、ハイデッガーによると、[12]わたしたちはふだん死を二人称や三人称の死として見ている状況から「わたしの死」へと「先駆」し、自己の唯一性、一回性を直視し、自己の存在全体を視野に入れることができるようになったとき、世間体に左右されるようなあり方から、ほかならぬ自己自身の決断や選択へのとらえ直しが可能になる。つまり、「死への先駆」によって、世間に埋没し頽落していた自己から「本来的自己」への転換が起こるという。したがって、人ごとでない自己の存在可能へむかっておのれを投企するということは、このようにあらわにされた存在者の存在においておのれ自身を了解することを意味するのであり、これがすなわち、実存するということなのである。こうして、先駆とは実は、人ごとでないもっとも極端な存在可能を了解することの可能性なのであり、とりもなおさず、本来的実存の可能性なのである。しかし、自己とはけっして自己の連関から抜け出たものとしての「本来的自己」などではあり得ない。あくまでも生きられた身体としての知覚の主体であり、一定のパースペクティブを成り立たせる連関によってこそ自己たり得る。

道元が「身はかならず心に遍ず、心はかならず身に遍ず」というとき、自己は、自己を成り立たせる連関から切り離され自身のうちに閉じこめられるものではない。それは、世界、他者へと開かれている。したがって、「真箇に自己なる」自己とは、知覚主体たる身体として、他者を含め、世界とともにあり、一人の人間の枠をこえて、さらに広い歴史につながる連関のうちにあるものである。それは、自己という観念のことではなくこのような事実性をもったものである。[13] そして、さらにそれは自己でありながらかつ非自己といえるようなものでもある。[14] つまり、ここで自己でありつつ自己の限界を定めないものとしての非自己は、非自己とはいいながら自己そのものなのであるといってよいかと思う。

③　身心遍歓喜

正法眼蔵「授記」は、『法華経』からの引用として、「我今従仏聞授記荘厳事、及転次授決、身心遍歓喜」を挙げている。これは、「我今仏に従て授記荘厳事および転次に決を授けんことを聞きて身心遍く歓喜す」と読める。今、覚者から悟りの意味に満たされたことばを聞き、その悟りを確かに受け取った。身心はあまねく歓喜しているということをいっている。つまり、声聞（出家修行僧）がたった今悟りの保証を与えられて大喜びしているのである。しかし、道元はそのようには受け取っていない。

いふところは、授記荘厳事、かならず我今従仏聞なり。我今従仏聞の及転次受決するといふは、身心遍歓喜なり。及転次は我今なるべし、過・現・当の自他にかかはるべからず。従仏聞なるべし、従他聞にあらず、迷悟にあらず、衆生にあらず、草木国土にあらず、従仏聞なるべし。授記荘厳事なり、及転次受決なり。転次の道理、しばらくも一隅にとどまりぬることなし、身心遍歓喜しもてゆくなり。歓喜なる及転次受決、かならず身と同参して遍参し、心と同参して遍参す。さらに又、身はかならず心に遍ず、心はかならず身に遍ずるゆゑに、身心遍といふ。すなはちこれ遍界遍方、遍身遍心なり。これすなはち特地一条の歓喜なり。その歓喜、あらはに寤寐を歓喜せしめ、迷悟を歓喜せしむるに、おのおのと親切なりといへども、おのおのと不染汚なり。かるがゆゑに、転次而受決なる授記荘厳事なり。（「授記」『全集』第一巻、二五三頁）

授記を、いかなる場合にも、ありえた一つの出来事とはとらえていないところに正法眼蔵「授記」の独自性がある。「かならず我今従仏聞なり」というとき、そのまま現にいまそれを聞いているのである。これはけっして誰かが聞いているのではない。「我今」でなければならない。過去や現在や未来の自他のことではない。そして、他から聞いたのでもない。「転次而受決」とは、迷いでも悟りでもなく、衆生でも草木国土でもない。まさにいま自己のすべてをかけて聞くのであり、そこに限りない歓びがあるとするのである。いまここに生きてあるというあたりまえの事実が、そのまま実は大いなる授記であり、それを歓びをもって聞き取り、受け取るのである。それは抽象的思索の到達点なのではなく、「身歓喜」でもなく、「心歓喜」でもなく、「身心遍歓喜」である。「歓喜なる及転次受決、かならず身と同参して遍参し、心と同参して遍参す」といわれるゆえんである。心だけが歓喜を感じるのではない。肉体のもつ欲望や本能も生かし尽くされたものとして、身体に自己が現成されている。したがって、生きられた身体としての身心なのであり、心は必ず身に満ちることによって身心に遍満する。すなわち、「遍界遍方、遍身遍心」なのである。

（二）授記と受記

正法眼蔵「授記」の末尾は『維摩経』菩薩品のなかの維摩と弥勒の問答が引かれる。

維摩詰謂テ二弥勒ニ一言ク、弥勒、世尊ノ授ケ二仁者ニ記ヲ一、一生ヲ当ニシトハレ得ニ阿耨多羅三藐三菩提ヲ一、為ス下用テ二何レノ生ヲ一得ルト中受記ヲ上乎。過去ナリヤ耶、未来ナリヤ耶、現在ナリヤ耶。若シ過去生トイハバ、過去生ハ已ニ滅ス。若シ未来生トイハバ、未来生ハ未至ナリ。若シ現在生トイハバ、現在生ハ無シレ住スルコト。如クナラバ二仏ノ所説ノ一、比丘、汝ガ今ノ即時ハ、亦生・亦老・亦滅ナリ。若シ以テ二無生ヲ一得トイハバ二受記ヲ一者、無生ハ即チ是レ正位ナリ。於テ二正位ノ中ニ一、亦タ無シ二受記一、亦タ無シレ得ベキコト二阿耨多羅三藐三菩提ヲ一。云何ゾ弥勒受クルヤ二一生ノ記ヲ一乎。為スヤ下従リ二如生一得ト中受記ヲ上耶、為スヤ下従リ二如滅一得ト中受記ヲ上耶。若シ以テ二如生ヲ一得トイハバ二受記ヲ一者、如ハ無シレ有ルコトレ生。若シ以テ二如滅ヲ一得トイハバ二受記ヲ一者、如ハ無シレ有ルコトレ滅。一切衆生皆如也、一切法モ亦タ如也。衆ノ聖賢モ亦タ如也。至ルマデ二於弥勒ニ一亦タ如也。若シ弥勒得バ二受記ヲ一者、一切衆生モ亦タ応ニシ二受記ス一。所以者何。夫レ如ハ者、不二不異ナリ。若シ弥勒得バ二阿耨多羅三藐三菩提ヲ一者、一切衆生モ皆亦タ応ニシレ得。所以者何。一切衆生ハ即チ菩提ノ相ナリ。（「授記」『全集』第一巻、二五六頁）

維摩は弥勒に問う。世尊があなたに証を授け、一生で究極の悟りを得ることができるというのは、いずれの生なのか。過去なのか、未来なのか、現在なのか。もし、過去の生においてであれば過去はすでに消滅しており、未来の生においてであればそれはまだ現れていない。もしまた現在の生においてであれば、それは一瞬もとどまるところがない。仏の説くようであれば、いま直ちに生まれ、老い、そして滅する。無生をもって証を得るというなら、無生こそ空の境地であり、そこでは証を必要としない。そこに証を授けることもない。もはや生きとし生けるものはすべてそのままで真如の相にある。弥勒が受記を得るなら衆生も受記を得る。

この維摩のいうところを道元はどうとらえるか。

ただし維摩道の於正位中、亦無受記は、正位即受記をしらざるがごとし、正位即菩提といはざるがごとし。また過去生已滅、未来生未至、現在生無住といふ。過去かならずしも已滅にあらず、未来かならずしも未至にあらず、現在かならずしも無住にあらず。無住・未至・已滅等を過・未・現と学すといふとも、未至のすなはち過・現・未なる道理、かならず道取すべし。（「授記」『全集』第一巻、二五七頁）

維摩は「正位においてはもはや受記は要しない」というが、「正位がそのまま受記であるということを知らないもののようである」と、道元は批判する。また、「過去はすでに滅し、未来の生はまだ至らず、現在の生はとどまることがない」とあるが、考えてみれば、過去は必ずしもすでに過ぎ去ったのでもなく、未来は必ずしも至っていないのでもなく、現在は必ずしもとどまらないのでもない。「まだ至らない」ということがすなわち、過去であり、現在であり、未来であるという道理を心得ておかなければならないというのが道元の考え方である。つまり、過去は已滅という固執を破るところにおいて、受記が受のみにとどまる空相の自足を抜け出る、自己の主体性の基点たる授記がある。

授記は受記としての様相をもちながらも、授記なのである[15]。授記は一方的に与えられるだけのものではない。主体的選択として自己を現成することでもある。「我今」の自覚においてである。たえざる自己開発を要する。「我身是也の授記あり、汝身是也の授記あり。この道理、よく過去・現在・未来を授記するなり。授記中の過去・現在・未来なるがゆゑに、自授記に現成し、他授記に現成するなり」とあるように、授記はすべての時において、自も他もそこにおいて現成するそのときなのである。そしてそれは、「是法非㆔思量分別之所㆓能解㆒〈是の法は思量分別の能く解する所に非ず〉」である。

(三)「授記」の位置づけ

正法眼蔵七五巻本では、第二〇「有時」、第二一「授記」、第二二「全機」という並びになっている。そこには明らかに編集意図がはたらいていると考えられるが、一般に「有時」と「全機」がそれぞれに取り上げられることはあっても、それらを「授記」との関連において問題にされることはあまりない。ここでは、正法眼蔵「授記」の独自性を、七五巻本の中での位置づけということを念頭に置きながら論じてみたいと思う。

まず問題にしたいのは次のような箇所である。

いま諸仏諸祖の現成するは、施為に転次せらるるなり。五仏六祖の西来する、施為に転次せらるるなり。いはんや雲水般柴は、転次しきたるなり。即心是仏の現生する、転次なり。即心是仏の滅度する、一滅度・二滅度をめづらしくするにあらず、如許多の滅度を滅度すべし、如許多の成道を成道すべし、如許多の相好を相好すべし。これすなはち相継得成仏なり、相継得滅度等なり、相継得授記なり、相継得転次なり。転次は本来にあらず、ただ七通八達なり。いま仏面・祖面の両面に相見し、面面に相逢するは相継なり。仏授記・祖授記の転次する、廻避のところ間隙あらず。(「授記」『全集』第一巻、二五二頁)

この表現によれば、いまもろもろの仏祖が現れるのは日々の営みにおいてであり、次々というかたちで続いてくるのである。水を運び柴を運ぶ日常の生きざまがそうである。相継いで「即心是仏」が現れ、涅槃の境地に入るのもめずらしいことではない。それは相継いで起こる。相継いで授記を得る。「相継いで」というのは、七通八達、無碍自在に何ものにも妨げられず、仏祖たちに会い親しむことが相継ぐということである。仏祖たちの授記が次々に起こってくるのは、避けようにも避けられず、そのすきまもないという。しかし、ここで次々に起こるというとき、そのときそのときが次々と過ぎ去り過ぎ去りしていくかのごとく受け取られかねないが、そうではない。道元の時間論からするならば、過ぎ去るのではない。その仏祖たちに会っているときが「而今」であり、たとえそれが遠くにあるように見える場合もやはり「而今」である。「われを排列しおきて尽界とせり、この尽界の頭頭物物を時時なりと覰見すべし。」(「有時」、同書、二四一頁)仏祖もまた、そのときに尽きている。それが「自己の時なる道理」であり、「時の時に尽有尽界あるなり」である。いまの時に漏れた尽有尽界はない。

しかあれば、松も時なり、竹も時なり。時は飛去するとのみ解会すべからず、飛去は時の能とのみは学すべからず。時もし飛去に一任せば、間隙ありぬべし。有時の道を経聞せざるは、すぎぬるとのみ学せるによりてなり。要をとりていはば、尽界にあらゆる尽有は、つながりながら時時なり。有時なるによりて吾有時なり。(「有時」『全集』第一巻、二四二頁)

時が飛び去るとだけ考えるならば、そこに間隙ができる。「尽界にあらゆる尽有」は、つながっているように見えて、その時がすべてなのである。授記もまた、「わが有時」としてあるというべきであろう。有時には、「経歴の功徳」がある。人はふつう釈迦が直接伝えるはずのことばを、千年も後の青原行思が摩訶迦葉に伝えるなどということはあり得ないと思うであろう。しかし、ここに「経歴の功徳」がはたらく。「今日より明日に経歴す、今日より昨日に経歴す、昨日より今日に経歴す、今日より今日に経歴す、明日より明日に経歴す。経歴はその時の功徳なるがゆゑに。」(同書、二四二頁)古の時と今の時が重なり合っているのでもなく、並び積もっているのでもなく、「青原も時なり、黄檗も時なり、江西も時なり、石頭も時なり」である。みな、有時の現成とみる。

おほよそ籮籠とどまらず有時現成なり。いま右界に現成し、左方に現成する天王天衆、いまもわが尽力する有時なり。その余外にある水陸の衆有時、これわがいま尽力して現成するなり、冥陽に有時なる諸類諸頭、みなわが尽力現成なり、尽力経歴なり。わがいま尽力経歴にあらざれば、一法一物も現成することなし、経歴することなしと参学すべし。(「有時」『全集』第一巻、二四四頁)

いまあちらに現れ、こちらに現れているかのように見える天の世界の住人たちも、まさしくいま「わが尽力」で実現している。あるいはまた、隠れたり現れたりしているあの世この世の諸々のものたちもみな「わが尽力」で実現し、動きめぐっている。この「尽力経歴」なしには、何一つとして実現することはない。ものの見方に誤りがあるとするなら、それは、世界が外側にあって、動きめぐる主体が多くの世界を通過し、時間を経過すると思うところにある。そうではないのである。ここに、主客二元論を超える大事な視点がある。

生といふは、たとへば人のふねにのれるときのごとし、このふねは、われ帆をつかひ、われかぢをとれり、われさほさすといへども、ふねわれをのせて、ふねのほかにわれなし。われふねにのりて、このふねをもふねならしむ、この正当恁麼時を功夫参学すべし。此の正当恁麼時は舟の世界にあらざることなし、天も水も岸もみな舟の時節となれり、さらに舟にあらざる時節とおなじからず。このゆゑに生はわが生ぜしむるなり、われをば生のわれならしむるなり。舟にのれるには、身心依正、ともに舟の機関なり、尽大地・尽虚空、ともに舟の機関なり。生なるわれ、われなる生、それかくのごとし。(「全機」『全集』第一巻、二六〇頁)

人が生きている、存在しているということは、たとえば、人が舟に乗っているようなものだといっている。まず「わたし」がいて、その「わたし」が舟を動かしているとは考えないのである。舟のほかに「わたし」がいるわけではないからである。「わたし」は舟に乗っており、その舟を舟たらしめているのは「わたし」である。天も岸も水もすべて「舟の時節」である。つまり、「わたし」が存在しているというとき、「わたし」にとってのあらゆる環境世界は、「わたし」抜きにしてはあり得ない。「わたし」と環境世界は切り離しては考えられないということである。「生はわが生ぜしむるなり、われをば生のわれならしむるなり」であるから、「わたし」が生きているということは、身体も心も環境も、これらすべてがたとえていうなら、「舟の機関」であり、それらは一つになってはたらいている。

「尽大地、尽虚空」ことごとくが一つのはたらきとなりきっている。「わたし」が存在するとはそういうことである。道元はそういうところから「生也全機現、死也全機現」を考えようとしている。[16]

ところで、正法眼蔵「授記」の最後で「過去かならずしも已滅にあらず、未来かならずしも未至にあらず、現在かならずしも無住にあらず。無住・未至・已滅等を過・未・現と学すといふとも、未至のすなはち過・現・未なる道理、かならず道取すべし」ということばがある。「とどまらない」「まだ至らない」「すでに滅している」というとらえ方を一応認めながらも、「まだ至らない」ということをその根本に据える意図はいったいどこにあるのか。その意図とは、「一切衆生、即菩提相」（生けるものはそのまま悟りのすがた）というところに止まらないということである。現成とは生を透脱し、死を透脱するところにある。現成のとき生全体が実現し、死のとき死全体が実現する。そこにはたらくのは「機関」である。

この機関よく生ならしめ、よく死ならしむ。この機関の現成する正当恁麼時、かならずしも大にあらず、かならずしも小にあらず、遍界にあらず、局量にあらず、短促にあらず。いまの生はこの機関にあり、この機関はいまの生にあり。生は来にあらず、生は去にあらず、生は現にあらず、生は成にあらざるなり。しかあれども、生は全機現なり、死は全機現なり。（「全機」『全集』第一巻、二五九頁）

この機関が成就するまさにそのとき、大でもなく、小でもなく、世界に行き渡っているのでもなく、局限されているのでもなく、永遠のものでもなく、短時間のものでもない、はたらきの全体が現成し、授記もまた現成する。

しかあれば、生滅ともに得記する道理あるべし、生滅ともに得菩提の道理なるなり。一切衆生の、授記をうるとき、弥勒も授記をうるなり。しばらくなんぢ維摩にとふ、弥勒は衆生と同なりや異なりや、試道看〈試みに道ひて看よ〉。すでに、若弥勒得記せば、一切衆生も得記せん、といふ。弥勒は衆生にあらず、といはば、衆生は衆生にあらず、弥勒も弥勒にあらざるべし、いかん。正当恁麼時、また維摩にあらざるべし。維摩にあらずは、この道得用不著ならん。しかあればいふべし、授記の、一切衆生をあらしむるとき、一切衆生および弥勒はあるなり。授記、よく一切をあらしむべし。（「授記」『全集』第一巻、二五七頁）

ここでは「生滅ともに」ということが大切である。「生にも全機現の衆法あり、死にも全機現の衆法あり、生にあらず死にあらざるにも全機現あり、全機現に生あり死あり」である。「生は死を罣礙せず、死は生を罣礙せざるなり」（「全機」、同書、二六一頁）である。生も死も授記をさまたげることがない。悟りをさまたげるものがない。維摩がいうような「弥勒が授記を得るなら、衆生もまた授記を得る」という条件と結果を想定しない。弥勒が先で衆生が後ということがない。衆生が授記を得ているときは弥勒も授記を得ているというべきなのである。衆生は衆生であって弥勒ではないが、弥勒が衆生でないとはいわない。授記が全機現においてはたらくとき、弥勒であるか衆生であるかをことさらにいうことに意味がない。授記が衆生をあらしめるとき、衆生および弥勒は存在するとさえいう。

このように、授記は、「有時」とも、「全機」とも緊密につながりながら一つの世界を生み出しているといえるのである。

おわりに

授記とは元来伝達の場をいかにつくるかということに関する問題であった。ただ、正法眼蔵においては、いままさに聞くという自覚が重要である。それは他から自へという方向にとどまらないところに特徴がある。自から自へという方向も含む。したがって、そのとき他と自をどうとらえるかということが問題になる。自己とは何かが問われるゆえんである。

ここで大事なことは、自己とは開かれた存在であり、自己は絶えず否定されつづける運動の中にあり、それを自覚することによってこそ自己たり得るということである。そうでなければ自己などどこにもない、ただの錯覚に過ぎないということである。「山河大地、須弥巨海」もまた「授記」であり、「現成の自己」であるというとき、無常、無我、空を前提として縁起しつつある存在の事実に関わり、行為する主体としての自己が身体、他者、環境世界との連関においてとらえられている。

本稿においては、この「授記」が仏教語としての本来の意味とどのように異なるかを見ようとした。すでに明らかになったように、「授記」を問題にすることは、すなわち「自己」を問うことであるともいえる。そして、「いまの知見思量分にあたはざれば自己にあるべからずと疑著することなかれ」とあるように、ここでは、あえていうならば、非自己をも授記として受け取ることができるかどうかが問われているのである。

注

（1）奥野光賢「最澄の授記思想―『大乗十法経』を中心として」（『曹洞宗研究員研究紀要』第二六号、一九九五）によれば、最澄は『法華秀句』において、『大乗十法経』に添いながら、いまだ仏性を見ていないもの、いまだ功徳を具足していないもの、そして、いまだ授記の時期ではないという理由から本来ならば授記を与えられないものにも仏性があることを世尊は見通し、それゆえに密かに授記が与えられるとする。

（2）石島尚雄「『正法眼蔵抄』の考察―特に『授記』の巻について」（『印度学仏教学研究』第六三号、一九八三）には、「道元禅師では、「一句一偈」は聞法ということの絶対的形式なのであり、多少という相対的見地を超えていることが知られる。そして、「授記」は、絶対的事実であるという見地であることが知られる。この意味で「授記」の伝統的解釈から抜け出ているといえる」（一四七頁）とある。

（3）第二章、第一節「正法眼蔵の言語表現論」において、「道得」について論じたが、それと関連する。

（4）六入とは、精神活動がそれを通じて起こる六つの領域、対象をとらえる六つの場。内の六入とは六根、外の六入とは六境を意味し、あわせて一二（一二処）という（中村元『佛教語大辞典』東京書籍）。

（5）浜田寿美男『「私」とは何か』（講談社、一九九九）には、「「私」というものが他者との関係のなかから生まれてきたものだということ、そして「私」は、なにか実体として存在するようなものではなく、他者との関係を生きる〈能動―受動〉の構図を離れては成り立たないものだということである。そうだとすれば、ことばが対話であるのと同じ意味で、「私」もまた対話であるという言い方も可能かもしれない」（二六七頁）とある。

（6）エルンスト・マッハは『感覚の分析』（須藤吾之助・廣松渉訳、法政大学出版局、一九七一）において、物体が感覚を生み出すのではなく、複雑な連関のうちにそれは現成する一定の要素複合体が物体をかたちづくっていると考えている。そこには、自己欺瞞を導くような、感性的要素以上のものは含まれていない。これに対して、廣松渉『事的世界観への前哨』（勁草書房、一九七五）は、マッハへの批判として次のように述べている。「知覚的に眼前に展ける世界がマッハの謂う意味での「要素複合体」の函数的・機能的な連関態として現前するということ、これは確かな〝事実〟である。また、この現相的世界の背後に「物自体」を想定する必要はないこと、「事物」自体と「自我」自体との因果的な作用連関の結果として現相が成立するという考え方には致命的な難点があるということ、これも認め得る。物自体という観念について発生論的な経緯も大筋においては恐らくマッハが指摘するごとくであろう。われわれとしては、しかし、現実の世界は要素複合体以上のものであることを指摘し、この「以上」と、それの存立する構造的機制を問題にせざるを得ない」。（六八頁）

（7）中村元『自己の探求』青土社、一九八〇、八八頁。

（8）村田純一「「わたし」をめぐる心の哲学」（『新・哲学講義4「わたし」とは誰か』岩波書店、一九九八、五頁）は、「アイデンティティをめぐる問題の場面で主題となっているのは、もはや個別的な行為の動機や原因ではなく、そうしたさまざまな行為を選択する主体としての「わたし」であり、すなわち、伝統的に受け入れられてきた自己に関する規定を批判的に吟味し、自己のあり方を自ら決定する「本来的自己」である」とし、「問題の定式化としては、「わたしとは何か」より「わたしは何をなすべきか」―「わたしとは誰か」より「わたしは誰であるべきか」の方がふさわしい」と述べ、「わたし」への問いを極めて実践的な問いだと規定している。

（9）エルンスト・マッハ『感覚の分析』（前掲書）は、「人間とは自分のことをよく知らないものである」（五頁）というテーゼを、いくつかの例を挙げて説明している。

（10）上田閑照『私とは何か』（岩波書店、二〇〇〇）に、「世界の内で「私」と言いつつ、「私なくして」限りない開けにまで通っている。このようなあり方で「私」なのである。このようにして、虚空／世界が「私」の、すなわち「私は、私ならずして、私」という「私」

の究極の場所である」とある。

(11) 入矢義高・溝口雄三・末木文美士・伊藤文生訳注『碧巌録』中(岩波文庫、一九九四)に、「第四六則 鏡清雨滴声(鏡清《きょうしょう》の雨滴《あまだれ》の声《おと》)」がある。(一四九頁)ここで、「雨滴声」をめぐって、鏡清と僧が問答をする。僧が、「己に迷わなくなったとはどういうことか」とたずねたのに対して、鏡清は、「悟境に達するのはむしろやさしい、それをずばりと言いとめることが実は難しい」という。道元は、この「鏡清雨滴声」をそのまま詞書にしている。

(12) ハイデッガー『存在と時間』下巻(細谷貞雄・亀井裕・船橋弘訳、理想社、一九六四)の「第二編、現存在と時間性」。

(13) 木村敏『時間と自己』(中公新書、一九八二)は、「分裂病」の精神病理学的事態を念頭に置いて、次のように述べている。「自己自身の死が自己の存在の終結を限定し、他者の存在が自己の世界の外部的境界を限定する。自己はあるがままのありかたでおのずから自己自身ではありえなくなる。自己が自己自身であり得るためには、自己はそのつどみずから自己自身にならねばならなくなる」。「自己はそのつどのいまにおいて新たに自己の相において自己自身へと現前し続けなくてはならない。そして、未知のいまからが自己の相のもとにいまの現前へと到来するという保証は、本来どこにもないのである」。(一八三頁)

(14) 河村孝道『道元禅師全集』第一巻(春秋社、一九九一)は、非自己に「自己が自己を脱落して授記そのものであること」(二五二頁)という注釈を付けている。また、水野弥穂子校注『正法眼蔵』二(岩波文庫、一九九〇)には、「自己をわすれた自己。諸仏としての自己」(七〇頁)とある。

(15) 「授記」「受記」いずれもサンスクリット原語では、vyākaraṇa であり、もともと成仏の予言、約束という意味では同じである(中村元『佛教語大辞典』東京書籍)。それらは、漢訳の過程で文脈上訳し分けられた。したがって、『正法眼蔵』本文においては、『維摩経』引用箇所に添っているときには「受記」となっている。

(16) 拙稿「『正法眼蔵』についての一考察―存在論の試み」(『言語表現研究』第一六号、二〇〇〇)。

三、正法眼蔵の「自己」をめぐって

はじめに

『正法眼蔵』の「自己」について考えようとするとき、まず挙げなければならないのは、「現成公案」の次の一節である。

> 自己をはこびて万法を修証するを迷とす、万法すすみて自己を修証するはさとりなり。

さらに、

> 仏道をならふといふは、自己をならふなり。自己をならふといふは、自己をわするるなり。自己をわするるといふは、万法に証せらるるなり。万法に証せらるるといふは、自己の身心および他己の身心をして脱落せしむるなり。（『道元禅師全集』第一巻、春秋社、一九九一、二頁）

ここでは、「自己」とは何かということではなく、「自己」とのかかわり方が示されている。

私たちが「自己」とか「自分」とか「私」とかの名で呼んでいるものは、実はものではなくて、「自分であること」「私であること」といったことであり、それ自身はっきりした形や所在をもたない不安定なものである。元来、不安定な自己は、世界の側に安定の場を見出そうとする。ところが、ことの世界は自己の支えになるどころか、自己の不安定さをますますあばき出すことになる。だから、私たちの自己は、ことの現われに出会うやいなや、たちまちそこから距離を取り、それを見ることによって、ものに変えてしまおうとする。[1] そうではなくて、こととしての「自己」をこととしてはたらかせるしかたが、ここでは問われているのである。宇宙にあるすべてが、ものとしてのあり方を「脱落」するとき、どのような世界があり得るか。「万法に証せらるる」というのは、そのことを語っているのである。

　本稿で問題にしたいのは、『正法眼蔵』における「自己」と、その思想そのものとの関係である。そのさい、「自己」と、「離れるべき」我執としての「吾我」(2)との違いについて考えてみなければならない。この「吾我」と多分に共通点をもつ西洋哲学概念「自我」の大きな特徴は、それだけで存在するもの（実体）であり、「自己同一的で連続的、統一的」(3)であることであるが、同時に行動の自由や主体性、責任の所在はこの「自我」を前提にしなければならない。仏教は「無我」説をとなえるとされるが、けっしてこの「自由や主体性」を否定しているわけではない。『正法眼蔵』において道元は、そのことを「自己」ということばによってどのように表現しているか、少し考えてみたい。

（一）自我と自己

デカルト René Descartes（1596－1650）の「我思うゆえに我あり」以来、近代西欧哲学において自我は主題的に問われてきた。自我とは、ラテン語 ego 英語 I ドイツ語 Ich フランス語 moi 等に対応する語であり、何かをしていると意識している当体、意志や行為の主体である。自我は、選択と実行の任にあたる主体であり、自由であって責任を負うものであるから、理性は自我固有の能力であるといえる。そしてそこには、時間の経過や種々の変化を通じて同一的、連続的であることが含意されている。これは、仏教でいう「我」の定義とほぼ一致する。「我」はインド諸哲学においては常住・単一・主宰のアートマンとして生気・本体・霊魂・自我などを意味し重視されたが、仏教ではそのような「我」を否定し、「我」「自我」そのものを諸要素の集合として扱い、「我」を実体視する見方をあくまでも斥ける。

『正法眼蔵』においては、「仏性」の巻に「仏性の言をききては、学者のおほく先尼外道の我のごとく邪計せり。これ人にあはず、自己にあはず、師をみざるゆゑなり」とある。ここでは「本体」としての「我」が否定されているのである。この「我」を否定していう「自己」はサンスクリット語では同じくアートマンであるが、意味が違っている。(4)「自己」は追究されるべきすがたであり、何らか実体的原理である「我」、例えば霊魂のようなものを拒否し、対象的な何ものかを「我」あるいは「わがもの」として執着することをやめるときに実現されていくものである、と一応は理解できる。(5)

われらもかの尽十方界の中にあらゆる調度なり。なにによりてか恁麼あるとしる。いはゆる、身心ともに尽界にあらはれて、われにあらざるゆゑに、しかありとしるなり。

身すでにわたくしにあらず、いのちは光陰にうつされてしばらくもとどめがたし。紅顔いづくへかさりにし、たづねんとするに蹤跡なし。つらつら観ずるところに、往事のふたたびあふべからざるおほし。赤心もとどまらず、片片として往来す。たとひまことありといふとも、吾我のほとりにとどこほるものにはあらず。(「恁麼」『全集』第一巻、二〇三頁)

われわれ自身もまた、この世界のなかのさまざまなすがたである。そうしたなかで、どうしてこのようであると知ることができるか。それは、私の身心がいずれも世界の中に現われながら、しかも私のものでないから、なるほどこのようであると知ることができるのである。

この身はすでに私のものではない。いのちは時とともに移ろい、しばしもとどまらない。かつての紅顔はどこへ去ったのだろう。たずねようとしても、跡形もない。つくづくと思ってみるに、過ぎ去ったことに二度と遇うことはできない。まごころさえとどまらず、ただきれぎれに行き来するばかりである。たといまことがあるとしても、わがものとして、とどまるわけではない。

「尽十方界」「尽界」といわれる世界に「われら」「身心」「赤心」「まこと」は存在として位置づけられるが、それらは「われ」「わたくし」「吾我」として実体化されることはない。端的に言ってそれらは「吾我」なるものではない。


漸源仲興大師、因僧問、「如何是古仏心〈如何なるか是れ古仏心〉。」

師云、「世界崩壊〈世界崩壊す〉。」

僧云、「為甚麼世界崩壊〈甚麼としてか世界崩壊す〉。」

師云、「寧無我身〈寧ろ我身無からん〉。」

いはゆる世界は、十方みな仏世界なり。非仏世界いまだあらざるなり。崩壊の形段は、この尽十方界に参学すべし、自己に学することなかれ。自己に参学せざるゆゑに、崩壊の正当恁麼時は、一条両条、三四五条なるがゆゑに無尽条なり。かの条々、それ寧無我身なり。我身は寧無なり。而今を自惜して、我身を古仏心ならしめざることなかれ。(「古仏心」『全集』第一巻、九〇頁)

ここにいう「世界」とは、十方がみな仏の世界のことである。仏の世界でないものは、今まであったことがない。「崩壊」といわれることの趣は、この尽十方世界について考えてみるがよい。自己のほうから考えてはいけない。自己のほうから考えるのではないから、世界が崩壊するちょうどその時には、一すじ二すじ、三、四、五すじとくずれていくわけで、結局は無限に崩壊するのである。その一すじ一すじのために「寧無我身」である。我身は寧無である。而今の我身に執着して我身を古仏心でなくしてはならない。

我が無化されるところに、古仏心はある。自己があってそののちに崩壊の世界があるのではない。「寧無我身」のところに仏世界＝自己はある。自己とか自己のものとかのあらゆるとらわれがないとしたら、それは世界がそのまま古仏心としての自己になりきっているということである。「自己に学することなかれ」というのは、「自己をはこびて万法を修証する」のではなくて、「万法すすみて自己を修証する」ことをいうのであり、主観・客観あるいは個物をこえて普遍的「法」において自己をみる立場といってもよい。このとき我執として連続性、自己同一性をもった自我は否定され超越されるが、自己は「参学」の主体であり、責任の所在であって、積極的な意義を担っている(6)。

そもそも自己とは何か。一般的に、仏教においては自己は最も重要な主題の一つであり、とくに禅仏教においては「己事究明」が問題になる。西洋哲学概念における自我に対する自己は、ラテン語 ipsum 英語 self ドイツ語 Selbst フランス語 soi に対応し、自我によって知られたり、自我から何らかの作用を受ける限りでの自我をいう。つまり、自我それ自身が認識や意志・行為の対象としてみられるとき、それは「自己」と呼ばれる。

デカルトからカント Immanuel Kant（1724 – 1804）に到るまで中心的に問題にされてきたのは、「自我」であったが、一九世紀中頃キルケゴール Sören Aabye Kierkegaard（1813 – 1855）によって「自己」（Selbst）がはじめて主題として問われるようになる。彼の主著『死に至る病』の冒頭に説かれていることの主旨はこうである。人間とは精神であり、精神とは自己であり、自己とは自己自身に関係するところの関係である。関係がそれ自身に関係する関係であり、関係はさらに自己関係の全体を定立した他者との関係でもある。

このように、キルケゴールはかけがえのない単独的自己を自らの思想の中心に据え、自我はデカルトの思惟実体やカントの超越論的自我のようなものではなく、それ自らに関係する自覚的関係として、動的、活動的、生成的にとらえられる。単独の主体的自己とは、自らの決断によって、いかに真実に生くべきかを情熱をもって主体的に行為する自己であり、生きる自覚的関係としての自己である。自己は本来的自己を実現すべく現にある自己を超えて未来へと投企する自己である。さらに、ハイデッガー Martin Heidegger（1889 – 1976）は真実の自己である本来的自己とそうではない非本来的自己の区別を立て、「死に至る存在」としての自己を自覚するとき、人は本来的自己に到れるとした。自我（das Ich）とその解体、そして自己（das Selbst）の探究へという西欧近代哲学の歩みは、自己究明をことする禅の立場に類似しているかに見える。しかし、このような意志的自己肯定的な「有」の立場に立つ主体的自己に対して、仏教においては、自己否定的な「諸法無我」[7]の立場に立ち、有無の相待を絶する実存としての主体的自己、無執着な自己こそが問題とされるのであり、おのずから自己のもつ意味は違ってこざるを得ない。[8]

『正法眼蔵』「辦道話」には、自己の内にひたすら自己を求めて「真なる自己」に出会えるとするような見方を批判的にみて、次のような禅問答の引用がある。

則公がいはく、それがしかつて青峰にとひき、いかなるかこれ学人の自己なる。青峰のいはく、丙丁童子来求火〈丙丁童子、来りて、火を求む〉。法眼のいはく、よきことばなり。ただし、おそらくはなんぢ会せざらんことを。則公がいはく、丙丁は火に属す。火をもてさらに火をもとむ、自己をもて自己をもとむるににたり、と会せり。禅師のいはく、まことにしりぬ、なんぢ会せざりけり。仏法、もしかくのごとくならば、けふまでにつたはれじ。ここに則公、懆悶して、すなはちたちぬ。中路にいたりておもひき、禅師はこれ天下の善知識、又五百人の大導師なり、わが非をいさむる、さだめて長処あらん。禅師のみもとにかへりて、懺悔礼謝してとふていはく、いかなるかこれ学人の自己なる。禅師のいはく、丙丁童子来求火、と。則公、このことばのしたに、おほきに仏法をさとりき。（『全集』第二巻、四七八頁）

「則公監院」と「法眼禅師」の問答である。則公は青峰禅師のもとで「仏法におきて安楽のところを了達」といい、「いかなるか、学人の自己なる」という問いに対する青峰の答え、「丙丁童子来求火」を「丙丁（ひのえ・ひのと）は火に属す。火をもてさらに火を求む。自己をもて自己をもとむるににたり」と理解したとする。これに対し、法眼は則公は何もわかっていないとし、それに則公はむっとして立ち去ったものの、思い直して非礼をわび、法眼に「いかなるか学人の自己なる」と問う。法眼の「丙丁童子来求火」という答えに則公はおおいに仏法を悟るところがあった。

則公は自己がわかったつもりになっていただけであり、謙虚になって問い直してみたとき、実は何もわかっていなかった自己に気づくことができたというようにも読めるが、法眼のいいたいのは、「真なる自己」など、求めているその人の内のどこにもないということだと、ここでの道元は考えている。「真なる自己」などと簡単に言ってわかったつもりになっていることへの問いである。

ソクラテス Sōkratēs（470 – 399B.C.）の「無知の知」を引き合いに出せば、彼は「自分が何かわからない」と言い、「真なる自己」などというわかったつもりのことばを決して使わない。自己を求めていくとき、「本当の自分を求める」ということばがまったく意味をなさないほどわからない。ソクラテス自身は、自分には自己がわかっていないから自己が何なのかを求めなければならないが、そのわからない自己をあくまで求めなければならない自己探究の厳しさは、この問いの途には何一つそのまま前提にしてよいもの、承認してよいものがない。そのように絶えず問い続けるところにしか、自己はない。自己がもつ主体性とは、自己を信ずることであるともいえるが、それはわからないからこそ問うことについての信頼感、ということにもなる。道元が「自己をならふといふは自己をわするるなり。自己をわするるといふは、万法に証せらるるなり」というとき、「ならふ」自己はけっしてわかろうとする対象なのではなく、そうした問うという行為のあり方をいうのである。したがって、「自己」はわかる対象としては「わするる」のでなければならない。伊藤秀憲「般若について―道元禅師の般若理解」によれば、「自己を追求することは、追求しようとする自己を放棄し、自己を万法の中に没することだというのである。自己も万法も存在しているという事実からすれば平等であり、自己が万法の中に没してしまうということは、色或いは声（万法）の中に身心（自己）が没して一体となることである」。（『三論教学の研究』一九九〇、春秋社、六一八頁）

（二）自己と他者

自己が自己として自らを自覚するのは他者（他人）との関係においてである。他者との関係によって、そこに自己（われ）、他者の区別、すなわち他者との区別が明瞭に生じてくる。他者は自己ではなく、自己は他者ではない。他者は自己とは根源的に異なる他者性を有している。[9]この他者との関係が、ブーバー Martin Buber（1878－1965）、レヴィナス Emmanuel Levinas（1906－1995）において問題となっている。ブーバー『我と汝』においては、「我―汝」なる根本語が「我―それ」との対比で示される。すなわち、汝と離れたデカルト的な理性的自我のようなものは存在せず、人間存在の根源的事実は全存在的に関係に入る間性であり、この根源的関係の汝を一方的に対象化し断片化して利用する態度が「我―それ」なのである。一方、レヴィナスは、ひたすら他者に奉仕するところに自己のあり方をみる。その関係は与えれば同じように与えられるといった相互的関係ではなく、ただただ他者に尽くす関係であり、他者からお返しを求めることなき無償の関係、非対称的関係である。レヴィナスにおいては、自己よりも他者に優位性が置かれており、自己からの到達不可能性を通してこそ他者は顕現し得るのだとしている。[10]その点、他者との本来的関係を我―汝の関係とするブーバーとの違いがみられる。

仏教においては衆生救済、利他行という点で他者が問題になる。『正法眼蔵』には「菩提薩埵四摂法」の巻があり、「四摂法」つまり「布施・愛語・利行・同事」について述べている。

> 利行といふは、貴賤の衆生におきて、利益の善巧をめぐらすなり。たとへば遠近の前途をまもりて、利他の方便をいとなむ。…愚人おもはくは、利他をさきとせば、自が利はぶかれぬべし、と。しかにはあらざるなり。利行は一法なり、あまねく自他を利するなり。…
>
> 同事といふは不違なり。自にも不違なり、他にも不違なり。…同事をしるとき、自他一如なり。…たとへば事といふは、儀なり、威なり、態なり。他をして自に同ぜしめてのちに、自をして他に同ぜしむる道理あるべし。自他はときにしたがふ

て無窮なり。（『全集』第二巻、五一四頁）

利行というのは貴賤の区別なく、人びとの利益になるように、さまざま手段をめぐらすことである。たとえば、遠い将来、近い将来をよく見つめて、相手のためになるよう手だてを尽くすことである。愚かにも「他者の利益を先にすれば、自己の利益は除かれよう」と思う人がいるかもしれない。しかし、そうではない。利行は自利も利他も一つになった法である。したがって、あまねく自他共に利益する。

同事というのは、違わないことで、自己にも違わないし、他者にも違わない。自己は自己でありながら自己の我見を去り、他者を他者と認めながら他者を別人とは認めない。このような同事を知るとき、自は他に同じ、他は自に同ずるという自他一如の世界となる。たとえば、ここで事というのは、作法（儀）であり、かた（威）であり、すがた（態）である。他者をして自己に同ぜしめた後に、自己をして他者に同ぜしめる道理もあるであろう。このように自己と他者との関係は、その時々にしたがって無窮に続くのである。

他者との関係において自己は我執的な自己ではなく、無私無欲な自己として他者に奉仕するというけれども、自利行がないのではなく、それが利他行によって生かされるのである。

衆生を利益すといふは、衆生をして自未得度先度他のこころをおこさしむるなり。自未得度先度他の心をおこせるちからによりて、われほとけにならんとおもふべからず。たとひほとけになるべき功徳熟して、円満すべしといふとも、なほめぐらして衆生の成仏得道に回向するなり。

この心、われにあらず他にあらず、きたるにあらずといへども、この発心よりのち大地を挙すれば、みな黄金となり、大海をかけば、たちまちに甘露となる。これよりのち、土石砂礫をとる、即菩提心を拈来するなり。（「発菩提心」『全集』第二巻、三三五頁）

「発菩提心」の主軸となるのは、「自未得度先度他」（自己はまだ渡り得ないうちにまず他者を渡す）ということである。それについて次のようにいわれる。衆生を利益するというのはどういうことかといえば、衆生をして自未得度先度他の心を起こせせることである。しかしながら、「自未得度先度他」の心を起こさせた力によって自分が仏になろうと思ってはいけない。たとい仏になり得る功徳が十分に熟したといっても、なおその功徳をさしむけて、衆生が得度して成仏するようにと願うべきである。この願いの心は、もはや自己のものでもなく、他者のものでもなく、どこから来たというのでもないが、この心が起こってから後は、大地を取り上げたら大地全体が黄金となり、大海をかき回せば、大海はたちまち甘露となる。[11]

自己が目覚めていないのにどうして他者を目覚めさせることができるのかという疑問が生まれそうだが、これは自他をどうとらえるかの根本に関わる。自己に徹することは他者に徹することであり、他者に徹することはすなわち、自己に徹することになるのである。

おほよそ学仏祖道〈仏祖の道を学す〉は、一法一儀を参学するより、すなはち為他の志気を衝天せしむるなり。しかあるによりて、自他を脱落するなり。さらに自己を参徹すれば、さきより参徹他己なり。よく他己を参徹すれば、自己参徹なり。（「自証三昧」『全集』第二巻、二〇〇頁）

「参徹他己」「自己参徹」というときの「他己」「自己」は先に見たように、自己と他者が、他者をして自己に同ぜしめ、自己をして他者に同ぜしめたところの自他であり、「自他一如」のうえに立つものであり、「自他を脱落」したものとみなければならない。したがって、「自己の自己に相逢する通路を現成せしむべし、他己の他己を参徹する活路を進退すべし、跳出すべし」（山水経）ともいえる。

（三）　自己と縁起

自は他に依り、他は自に依って成立するのみならず、しかも自は他の否定であり、他は自の否定でありつつ、他にも自があることと、他は他であることとに依存している。自と他との相互否定と相互肯定、すなわち相互排除と相互依存との交錯している実像をどこまでも鮮明にしていき、こうした、実体的思考ないし概念化による認識は跡形もなく消滅して、一切は空であることが露わとなる。そればかりではなく、空であるからすなわち、一切の各々の実体が消滅し去るところにこそ、縁起はその根底を支えつつ、縁起そのものが成立し、そのような矛盾をはらんだ相互相待のゆえに実体は無化して無自性であり、空であり、同時にまた空であり無自性であるところに自在なる縁起が築かれて、一切の成立の可能性が了解される。(12)

道元が縁起をどう把握していたかは「出家功徳」の巻の次のような記述からわかる。

しるべし、今生の人身は四大五蘊、因縁和合してかりになせり、八苦つねにあり。いはむや刹那刹那に生滅してさらにとどまらず。いはく一弾指のあひだに六十五の刹那生滅すといへども、みづからくらきによりて、いまだしらざるなり。すべて一日一夜があひだに、六十四億九万九千九百八十の刹那ありて、五蘊生滅すといへども、しらざるなり。あはれむべし、われ生滅すといへども、みづからしらざること。（『全集』第二巻、二七四頁）

人間は四大（地水火風）五蘊（色受想行識）がさまざまな因縁によって和合しかりにできたものであり、絶えず八苦（生老病死の四苦に加えて、愛別離苦、怨憎会苦、求不得苦、五蘊盛苦）に悩まされている。しかも、刹那刹那に生じたり滅したりしてとどまることがない。このような縁起的存在としての人間の自覚を促しているのである。さらに「深信因果」の巻で、次のようにいう。

仏法参学には、第一因果をあきらむるなり。因果を撥無するがごときは、おそらくは猛利の邪見をおこして、断善根とならんことを。おほよそ因果の道理、歴然としてわたくしなし。造悪のものは堕し、修善のものはのぼる、毫釐もたがはざるなり。もし因果亡じ、むなしからんがごときは、諸仏の出世あるべからず、祖師の西来あるべからず。おほよそ衆生の見仏聞法あるべからざるなり。(『全集』第二巻、三九四頁)

ここで強調されている「縁起」「因果」とは何か。元来、確固たる根拠をもった「わたくし」などないということである。自分自身の存在の無根拠さは、その根拠が自分以外の所にあることを教える。自分の存在は他人を前提にしない限り考えようがない。他人と出会わなければ自分はない。他人もまたしかり、それ自体では存在し得ない。しかし、根拠がないとはいうものの、実際に今、自分はいる。ここでは、自分を「自己」として成り立たせる方法的概念として「因果」が問題にされているのである。[13]

根拠がないものを、あたかも根拠があるかのごとく見てしまうとしたら、それはなぜか。この世に独立自存、恒常不変の存在はなく、すべては他との関係において存在する。本来縁起的なあり方をしている世界が歪められ固定化されてしまっていることを、唯識では「仮構された存在形態＝遍計所執性」という。しかし、人が何らかの限界状況に直面し、世間にあわせて形作られてきた自己が、この世の一切が何かを縁としてはじめて成立するというあり方、すなわち「縁起＝依他起性」という現実を前にそれ自体として無意味となり、非実体化されるとき、自己はそれまでの枠組みを超える。ここに自己が自己を超えるということがある。自己を超えるということは、自己を成立させかつ個々人の意識と無意識を条件付けてきた社会や文化のシステムを、全体として超えることを意味する。このとき、自己を成立させ、その知覚や経験を制約していた深層構造から解き放たれ、「憑き」がおちたような新鮮な驚きをもってありのままの現実が見えてくるだろう。自己に「憑かれる」ことがやめられ、言語、文化の呪縛からも解き放たれるとき、「遍計所執性」が「円成実性」に転じる。[14] 道元が「自己をならふといふは、自己を忘るるなり。自己を忘るるといふは、万法に証せらるるなり」というとき、そこに、自己がみずからの内外の現実をそのものに即して受け容れ自己を組み換える一つの運動をみることができる。ここで変容され再統合された世界が、「無自性＝空」と表現される。

また、縁起は関係性の思想でもある。自己ないし自己の現実に基づきながら、広く自己を他者の自己とつねに交流させ、自己中心性を突き破っていく。「自己を参徹すればさきより参徹他己なり。よく他己を参徹すれば自己参徹なり」というのもそうだが、「万法に証せらるるといふは、自己の身心および他己の身心をして脱落せしむるなり」というのもそうである。自己は自己として完結するものではなく、他を巻き込んでいく。

法のなかに生じ、法のなかに滅するがゆゑに、尽十方界のなかに法を正伝しつれば、生生にきき、身身に修するなり。生生を法に現成せしめ、身身を法ならしむるゆゑに、一塵法界ともに、拈来して、法を証せしむるなり。

しかあれば、東辺にして一句をききて、西辺にきたりて、一人のためにとくべし。これ一自己をもて、聞著・説著を一等に功夫するなり、東自・西自を一斉に修証するなり。なにとしても、ただ仏法祖道を自己の身心にあひちかづけ、あひいとなむをよろこび、のぞみ、こころざすべし。一時より一日におよび、乃至一年より一生までのいとなみとすべし。仏法の精魂として弄すべきなり。これを、生生をむなしくすごさざるとす。（「自証三昧」『全集』第二巻、一九九頁）

人は法の中で生まれ、法の中で滅しているのであるから、尽十方界において、生まれても生まれてもその身に聞き、生まれても生まれてもその身に法を現成せしめ、その身そのものを法ならしめている。したがって、東で一句を聞けば、西へ来てその一句を一人のために説くがよい。これはつまり、この一自己によって聞いたり説いたりすることを、ただひたすら功夫することである。東の自己と西の自己を同時に修しかつ証することである。仏法・祖道を自己の身心にひきよせ、実行することを喜び、望み、志すがよい。一時より一日に及び、さらに一年より生涯にわたるまで、それを日々の営みとすべきである。それがその生その生をむなしくすごさないということである。

これは「自未得度先度他」の思いに通じる。「自他不二」の確信のもとに、一自己を超え、仏祖をも超えていく。現実の自己はすでに超越的自己となっている。さらに「遍界みな不昧の因果なり、諸仏の無上なり」(夢中説夢)といい、「いはゆる仏性をしらんとおもはば、しるべし時節因縁これなり」(仏性)というように、因縁、因果の概念的理解を斥け、現実そのものを縁起の世界として生きることを意味する。

(四) 自己と実相

実相とは真実ありのままのすがたという意味である。われわれの前には世界が広がっている。その世界の中心となるのは自己自身である。そして、人は大宇宙に生かされている。おのおのの自己は大宇宙をそのうちに映し出す鏡である。[15] この意味において、おのおのの自己は小宇宙であるといえる。ただし、その〈小宇宙〉なるものは、他の〈小宇宙〉と代置され得ないところの〈小宇宙〉なのである。このことわりを理解するならば、極端に離れて対立したものである〈小宇宙〉が本質的には〈大宇宙〉なのである。〈小宇宙〉は〈大宇宙〉と相即する。個体としての行動は、他から隔絶されている個体が行動するのではない。〈大宇宙〉の無限であるという条件付けの一つの結び目が行動しているのである。こういう視点にまで到達すると、自分が真理をさとるのだと考えることはできない。全宇宙が自分をしてさとらせてくれるのである。「自己をはこびて万法を修証するを迷とす。万法すすみて自己を修証するはさとりなり」(現成公案)ということばは、そのようにも理解できる。[16]

諸法実相を独自なかたちで表示してみせ、仏教の展開に多くの影響を与えたのは『法華経』である。『正法眼蔵』にも、「諸法実相」の巻があり、その一部が引かれている。

釈迦牟尼仏言、唯仏与仏、乃能究尽諸法実相。所謂諸法、如是相・如是性・如是体・如是力・如是作・如是因・如是縁・如是果・如是報・如是本末究竟等。

〈釈迦牟尼仏言く、唯だ仏とのみ、乃ち能く諸法の実相を究尽す。所謂諸法は如是相なり、如是性なり、如是体なり、如是力なり、如是作なり、如是因なり、如是縁なり、如是果なり、如是報なり、如是本末究竟等なり。〉

いはゆる如来道の本末究竟等は、諸法実相の自道取なり、闍梨自道取なり、一等の参学なり、参学は一等なるがゆゑに。唯仏与仏は諸法実相なり、諸法実相は唯仏与仏なり。唯仏は実相なり、与仏は諸法なり。諸法の道を聞取して、一と参じ多と参ずべからず。実相の道を聞取して、虚にあらずと学し、性にあらずと学すべからず。実は唯仏なり、相は与仏なり、乃能は唯仏なり、究尽は与仏なり、諸法は唯仏なり、実相は与仏なり。諸法のまさに諸法なるを、唯仏と称す、諸法のいまし実相なるを、与仏と称す。（『全集』第一巻、四五七頁）

釈迦のことばとして、「ただ仏と仏とのみがよく諸法実相を究め尽くす。諸法のありのままのすがた、ありのままの性、ありのままの体、ありのままの力、ありのままのはたらき、ありのままの因、ありのままの縁、ありのままの果、ありのままの報、以上のようなありのままの諸如是は畢竟して同一なることである。（以上十如是）」

道元によれば、如来の「本末究竟等」というのは、諸法実相みずから表現していることである。一人一人がそれぞれ表現していることである。余物をまじえない、ひたすらな参学である。「ただ仏と仏のみ」がそのまま諸法実相である。唯仏はそのまま実相であり、与仏はそのまま諸法である。「諸法」という語を聞いて、それは一・多のような数量と思ってはならない。「実相」という語を聞いて、「実」にこだわって嘘ではないと考え、「相」にこだわって「性」ではないと考えてはならない。「実相」のなかの「実」が唯仏であり、「相」が与仏である。「乃能」が唯仏であり、「究尽」が与仏である。「諸法」が唯仏であり、「実相」が与仏である。諸法がまさしく諸法であることを唯仏と称し、諸法がそのまま実相であることを与仏と称する。[17]

さらに「唯仏与仏」の巻には次のようにある。

ふるき人のいはく、尽大地、これ自己の法身にてあれども、法身にさへられざるべし。もし法身にさへられぬるには、いささか、身を転ぜんとするにもかなはず、出身の道あるべし。（『全集』第二巻、五二一頁）

古人のことばとして、「大地全体はそのまま自己の法身であるけれども、一向に自己はその法身にさまたげられることはない。もしこの自己が法身にさまたげられるようでは、まったく身動きができない。しかし、そこから抜け出る道があるはずである」。

そこに自己の主体性がはたらかなければならない。道元の仏法は自己をはずしてあるわけではない。あくまで自己の主体をたてるところに諸法は実相としてあり得るのである。山河大地が自己であるというとき、それを現実ならしめるのは自己自身であり、自己の主体である。全宇宙にまで広がる諸法は自己自身に収斂される。それは自己からはずれたところのできごとではない。諸法が実相であるのを明らかにするのは自己自身であって、客観的に諸法が実相であるわけではない。したがって、「現成公案」に見られるように、その自己において隠れるところなく「諸法の仏法なる時節」として表れているのが「迷悟あり、修行あり、生あり、死あり、諸仏あり、衆生あり」である。すべてのものごとがそれぞれ真実のすがたで差別相として表れている。これを「万法ともにわれにあらざる時節」というように、自己を「我」ではないという観点からみるならば、「まどひなくさとりなく、諸仏なく、衆生なく、生なく、滅なし」となる。「諸法無我」が真実であってみれば、諸法はこのような平等相をもつものとして存在する。この差別相と平等相がおのおのそれだけで真理を表すわけではないことを示すのが、「仏道もとより豊倹より跳出せるゆゑに、生滅あり、迷悟あり、生仏あり」であった。真理は差別相、平等相のありようを超える。それを観得することが「現成」である。あくまで「われにあらぬ道理」として語られ、「諸法は空相」としてのあり方を根本とする。空相であるがゆえに現実的、具体的であり、ありのままの真実といい得るのである。

古仏いはく、尽大地是真実人体なり、尽大地是解脱門なり、尽大地是毘盧一隻眼なり、尽大地是自己の法身なり。…また尽大地はみづから法身なり、ときくべし。みづからをしらんことをもとむるは、いけるもののさだまれる心なり。しかあれども、まことのみづからをばみるものまれなり、ひとり仏のみ、これをしれり。そのほかの外道等は、いたづらにあらぬをのみ、われとおもふなり。仏のいふみづからは、すなはち尽大地にてあるなり。しかあればみづからと知るも知らぬも、みなともにおのれにあらぬ尽大地はなし。（「唯仏与仏」『全集』第二巻、五二二頁）

自己の正体を知りたいと思うのは、生きているものにとって当然の心である。しかしながら、ほとんどのものは自己を知っているとはいえない。ただ仏だけがこれを知っている。勝手にとんでもないものを自己だと思っているものが多い。これに対して仏のいふ自己とは大地全体を指す。自己に気づいていようといまいと、自己でない大地はどこにもない。[18]「尽大地是真実人体」といった古仏が誰であるか明確でないが、同様な表現として次のようなものが挙げられる。

大宋国湖南長沙招賢大師、上堂。示衆云、尽十方界、是沙門眼。尽十方界、是沙門家常語。尽十方界、是沙門全身。尽十方界、是自己光明。尽十方界、在自己光明裡。尽十方界、無一人不是自己。〈大宋国湖南長沙招賢大師、上堂。示衆に云く「尽十方界は、是れ沙門の眼。尽十方界は、是れ沙門の家常語。尽十方界は、是れ沙門の全身。尽十方界は、是れ自己の光明。尽十方界は、自己の光明裡に在り。尽十方界は、一人も是れ自己ならざる無し。〉

…長沙道の尽十方界、是自己光明の道取を、審細に参学すべきなり。光明自己、尽十方界を参学すべきなり。…尽十方界は是自己なり、是自己は尽十方界なり。廻避の余地あるべからず。たとひ廻避の地ありとも、これ出身の活路なり。而今の髑髏七尺、すなはち尽十方界の形なり、象なり。仏道に修証する尽十方界は、髑髏形骸・皮肉骨髄なり。（「光明」『全集』第

一巻、一三八頁）

長沙景岑のことばが引用されている。これによれば、全世界は修行者の眼であり、全世界は修行者のことばであり、全世界は修行者の全身であり、全世界は自己の光明のうちにある。一人といえども全世界がすなわち自己でないものはない。今日ただいま、而今のこの骸骨、からだそのものが全世界のかたちであり、すがたである。眼の皮一枚、それが自己の光明であり、その皮が忽然として綻びるとき十方全体がそのうちにある。「自己とは父母未生已前の鼻孔」であり、自己のいのちそのものが十方十面自在に出たり入ったりしている。光明といい、十方というのは、道元にとってもっとも根源的かつ明白な仏祖の世界である。『法華経』では、「十方仏土中、唯有一乗法（十方仏土の中には、唯だ一乗の法のみ有り）」といわれ、「唯我知是相、十方仏亦然（唯だ我のみ是の相を知れり、十方の仏も亦た然なり）」といわれる。仏土というのは仏の世界であるのはいうまでもないが、そこに見えている世界は「十方一方、是方自方、今方なるがゆゑに、眼睛方なり、拳頭方なり、露柱方なり、燈籠方なり」というように、あらゆる世界のありようすべてである。その十方世界のうちに真実のすがたを見、真実のことばを聞き取ろうというのである。

諸相は如来相なり、非相にあらずと参究見仏し、決定証信して受持すべし、諷誦通利すべし。かくのごとくして、自己の耳目に見聞ひまなかるべし、自己の身心骨髄に脱落ならしむべし、自己の山河尽界に透脱ならしむべし。これ参学仏祖の行履なり。自己の云為にあれば、自己の眼睛を発明せしむべからず、とおもふことなかれ。自己の一転語に転ぜられて自己の一転仏祖の見脱落するなり。（「見仏」『全集』第二巻、九九頁）

諸相はそのまま如来のすがたであって非相ではない、ということをよく見きわめなければならないということをいっている。それは、絶えず自己の耳目で見聞すべきであり、また自己の身心や骨髄がそれによって通徹されて脱落すべきであり、さらに自己にかかわる山河の全体が透徹さるべきである。こうしたことは自己のいうこと、することであるから、自己の眼の玉を明らかにすることができないと思ってはならない。思わず発する自己のことばに動かされ、自己の仏祖をも超えて透徹し、脱落するのである。自己は「自己の耳目に見聞」する自己であるが、同時に「自己の一転語に転ぜられ」る自己でもある。そのとき、自己と山河の境はない。「自己の自己に相逢する」とき、現成する世界は山河が自己そのものである世界である。

「我及十方仏、乃能知是事」。〈我及び十方の仏、乃ち能く是の事を知る〉。しかあれば、乃能究尽の正当恁麼時と、乃能知是事の正当恁麼時と、おなじくこれ面々の有時なり。我もし十方仏に同異せば、いかでか及十方仏の道取を現成せしめん。遮頭に十方なきがゆゑに、十方は遮頭なり。ここをもて、実相の諸仏に相見すといふは、春は花にいり、人は春にあふ、月は月をてらし、人はおのれにあふ、あるひは人の水をみる、おなじく相見底の道理なり。（「諸法実相」『全集』第一巻、四六〇頁）

「乃能究尽」のまさにその時と、「乃能知是事」のまさにその時とは、いずれも「有時」である。「我」がもし「十方仏」と異なるとすれば、どうして「我及十方仏」といいえようか。「我」と「十方仏」とは並存するものではない。「ここ」に十方がないからこそ、十方は「ここ」なのである。実相が諸法に相見するというのは、たとえば春が花として現れてはじめて人が春に会い、月が月を照らしてはじめて人は自己に遭い、人が水を見るようにである。こうしたことはすべて相見底の道理である。「自己の時なる道理」とは修行成道において、「われを排列しおきてわれこれを見る」（有時）ということであったが、自己が自己に遭うのは、花によって春を知るように現実的存在の現成においてこそ成り立つ。花は現にそこにあり、眺め得るものでなければならない。「十方」は「我」ではないからこそ、「ここ」に十方があることはもちろんであるが、自己は現に「ここ」にはたらき続けているのである。

おわりに

諸法実相はすなわち自己の実相であった。全宇宙は十方仏土としてあらゆる方角に広がっているが、それはまさに自己そのものであった。しかし、「十方界ではことごとく一人として自己ならざる無し」（十方）といわれ、「尽十方界真実人体」（身心学道）といわれるとしても、それは軽々しく自分自身といえるようなものではないことは確かである。

世間ではよく、「自分探し」などと言うが、「本当の自分」が、どこかにあるかのごとく言い、それをあてにして「自分」を探し求めようとする限り、どこまで行ってもそんなものに出会えないだろう。

ここにいう自己とは、「父母未生已前の鼻孔なり」（十方）といわれるように、自分はもちろん父母までが生まれる以前のすがたまでも視野に入れなければならない。すなわち本来の面目である。差別相、平等相を超えて開けてくる地平が問題なのである。

「坐禅箴」の巻には、「自己の所見を自己の所見と決定せざるのみにあらず、万般の作業に参学すべき宗旨あることを一定するなり」ということばもある。自己の考えは自己の考えとして不動であると思ってはならない。のみならず、さまざまな営みにも学ぶべきことがあることを確認しておくべきであるというのである。これは「無限の座臥は自己なり」につながる。自己は自己を生み出すはたらきそのものである。

「自己の時なり道理」（有時）とは現在の絶対性（永遠の今）を論理として主張するものではない。「而今の自己」（大悟）は縁起＝関係性において、過去と未来に開かれており、いまの具体的な行為を通じて刻々「自己」をつくりなおし、その創造的主体性を発揮し続ける。その一連の運動をこそ、「自己」と呼ぶべきである。自己は与えられたさまざまな条件と対立するものではなく、それを制し、それを生かし、具体化していく営みであるといってよいかと思う。

注

（1）木村敏『時間と自己』中央公論社、一九八二、九頁参照。

（2）懐奘編、和辻哲郎校訂『正法眼蔵随聞記』（岩波文庫、一九二九）には、「貪欲なからんと思はば先づ須く吾我を離るべきなり」（一三頁）、「吾我を離るる、第一の用心なり。此の心を存せんと思はば、まづ無常を思ふべし」（五五頁）、「学道は須く吾我を離るべし」（八五頁）、「いはゆる出家と云ふは、第一まづ吾我名利を離るべきなり」（九四頁）とある。

（3）酒井潔『自我の哲学史』（講談社、二〇〇五）には、「「自己同一的」とは、たとえば昨日の私と今日の私が別人ではなく同一の自我であるということである。「連続性」もそういう自我の連続性をいう。「統一性」とは、私が多くの異なったことを見たり、考えたり、欲したりするにもかかわらず、私はバラバラになるのではなく、それらを含み束ねもって一個の私であり得るという謂いである」。（一三頁）とある。

（4）中村元『自己の探求』（青土社、一九八〇）「初期の仏教徒はアートマンという語を主として「自身」「自己」の意に用い、それが原義であると考えていた。「アートマン」という語を漢語に訳すにあたって、中国の訳経僧はこれに「我」という字をあてた。「我」という字は中国語において一人称の代名詞の対格（accusative）つまり「われを…」「わたしを…」と表示する語であり、英語の me ドイツ語の mich フランス語の moi に相当する。これに対して、「われは…」と主格でいうときには「吾」という字を多く用いる。「我」と「吾」とが常に厳密に区別されているわけではないが、傾向としてはそのように言うことができる。ゆえに往昔の中国の翻訳僧もアートマンの直接の定義は今日の日本語で言う「自身」「自己」の意味に解していたことが知られる。日本語では「我」というと偏狭な自我、恣意的な自己というニュアンスを伴う。これは仏教の「無我」の観念ならびにその字義から対比的に導き出されたものであろうが、「アートマン」という語は本来はこのような意味をもっていなかった」。（一二頁）とある。これに対して、松本史朗『道元思想論』（大蔵出版、二〇〇〇）には、「インドにおける如来蔵思想とは、私より見れば、アートマン論に他ならず、従って、インド仏典に現われる「仏性」という語について、これを外道の説く「我」と見なすのは、決して「邪計」ではなく、全くの正解なのであるが、「仏性顕在論」を仏性の正しい理解であると考える道元は、これを「邪計」、つまり、誤解として拒否しているのである」（三〇頁）とある。これはアートマン理解の根本にかかわる。

（5）中村元『佛教語大辞典』（東京書籍）には、「初期の仏教では決してアートマンが存在しないとは説いていない。もとは「我執を離れる」の意であり、ウパニシャッドの哲学がアートマンを実体視しているのに対し、このような見解を拒否したのである」。とある。

（6）『正法眼蔵』には、「非自己」ということばもある。これについては、第二章、第二節「正法眼蔵における「授記」の転位」参照。

（7）初期の散文経典では、我（自我）を〈私のもの〉〈私〉〈私の自我〉の三種に分かち、一切の具体的なもの、ことの一つ一つについて、「これは私のものではない」「これは私ではない」「これは私の自我ではない」と反復して説く。これらを総括して〈諸法無我〉の著名な述語が普遍化する。（『岩波仏教辞典』七七九頁）

（8）上田閑照『私とは何か』（岩波書店、二〇〇〇）には、「「私は私である」と言いつつ、「私」に閉じた「私」を、「自我」と呼ぶことにする。それに対して、「私は私である」と言いつつ、「私」が開かれた「私」を「自己」と呼ぶ」。（三四頁）、「自己（自己の自覚、自覚である自己）の根本定式は、「我は、我ならずして、我なり」であった」。（四三頁）とある。

（9）新田義弘「自己性と他者性」『他者の現象学』（北斗出版、一九八二）には、「この裂け目が自己と他者との間の理解を不可能にするのではなく、むしろ逆に自己との相互理解の可能性の条件となって、私の自己性と他者の自己性（他者性）との間に適切な通路を開く働きをしているともいえる」。（一二頁）とある。

（10）『岩波哲学思想事典』（一九九八）によれば「自他の差異を強調するレヴィナスとは逆に、メルロ＝ポンティやシェーラーは、自他未分化の共通の基盤（たとえばメルロ＝ポンティが言う間身体性）から自己と他者が分出してくるとみなした。他者が自己との還元不可能な差異を保持したまま、なお自明な存在として自己に現前し得るのだとすれば真実はレヴィナスの議論とメルロ＝ポンティ等の議論の総合のうちに見出されるべきだろう」。とある。

（11）松本史朗、前掲書にはこの一節について、「「大地」「大海」「土砂砂礫」という語が、「黄金」「甘露」「菩提心」と等置されていることによって、私としては、ここに「仏性顕在論」を認めざるを得ない。つまり、「大地」「大海」「土砂砂礫」は、「仏性顕在論」において「仏性」そのものとして全肯定される無情なる現象的事物を指している」とあるが、これを「仏性顕在論」＝「全肯定の論理」、あるいは「密教的自然観」と言い切れるのかどうか疑問である。

（12）三枝充悳『縁起の思想』（法蔵館、二〇〇〇）には、「ナーガールジュナの説く「空」には、しばしば誤解されるような神秘的直観はなく、啓示的体験もない。「人間の生の現実」にもとづく深い思索と論理とが、「縁起＝空」をしっかりと支えている。それを「論理をこえる論理」というならば、その「論理」は「ことば」みずからの徹底とその究極にある自己否定性の剔抉といってもよい」。（五九頁）とある。

（13）南直哉『日常生活のなかの禅』（講談社、二〇〇一）には、「自分の存在に縁起を自覚しつつその縁起から生成されてくるさまざまな事態を因果関係の中で「自分」を編成していくこと、私はそのような存在の様式を主体性と呼び、この編成運動こそを道元禅師のいう意味での自己と呼びたい」。（二一〇頁）とある。

(14)　石井登「大乗仏教の自己概念―唯識三性説と自己概念」『自己意識の現象学』（世界思想社、二〇〇五、二一二頁）参照。

(15)　「古鏡」の巻に「人を鏡とすといふは、鏡を鏡とするなり。自己を鏡とするなり、五行を鏡とするなり、五常を鏡とするなり。人物の去来を見るに、来無迹去無方〈来るに迹無く、去るに方無し〉を人鏡の道理といふ。賢・不肖の万般なる、天象に相似なり、まことに経緯なるべし」。（『全集』第一巻、二二八頁）とある。

(16)　中村元、前掲書、七四頁参照。

(17)　諸法は実相であると単純に理解すると、思想的に見て日常的レベルで経験する現実世界が、そのままで真理であるということになってしまう。道元の場合このような本覚論的な見方に対して批判的な態度が読みとられ得るが、「本覚思想」自体、その思想的背景として見逃すことはできない。（新田雅章「道元の実相論」『道元思想の特徴　講座道元Ⅳ』春秋社、一九八〇、一六二頁参照）

(18)　第一章、第三節「正法眼蔵の「自然」」参照。

第三章　無常とニヒリズム

一、武田泰淳論——初期作品における無常——

はじめに

武田泰淳を語る場合、「諸行無常」によってその仏教思想を代表させることはいわば自明のこととされている。それはあたりまえすぎて、これまでその「無常」の何たるかということ自体ふかく問題にされることがなかった。それではほんとうに武田泰淳の仏教思想の意味が十分に解き明かされているかといえば、けっしてそうはいえない。たしかに、長田真紀氏によってなされつつある武田泰淳における仏教体験の実証的研究は重要な仕事だとは思う。(1)しかし、未だ十分になされていないのは、武田泰淳の仏教思想が小説作品にいかに反映されているのか、武田泰淳の仏教体験における最も根本的なもの、武田泰淳独自の仏教思想を、作品を通して明らかにすることである。本稿では、武田泰淳の文学を支え、またそれを貫く「無常」を、初期作品に即して根底的に問題にしたいと考える。

（一）初期作品の基底としての仏教思想

武田泰淳の仏教思想を問題にするとき、それと「滅亡」概念との関連が重要な意味をもつ。これまで「滅亡」については、『司馬遷論』で展開された世界認識、歴史認識がその中心とみなされてきたといってよい。つまり、『史記』で問題になるのは、史記的世界全体の持続であり、個別的非連続はむしろ全体的連続を支えるという考え方である。持続と滅亡という歴史認識によって多元的世界が開かれた。それは言い換えれば、歴史上起こるできごとを徹底して相対化してとらえるというものの見方である。(2)

戦争によってある国が滅亡し消滅するのは、世界という生物の肉体の一寸した消化作用であり、月経現象であり、あくびでさえある。世界の胎内で数個のあるいは数十個の民族が争い、消滅し合うのは世界にとっては、血液の循環をよくするための内臓運動にすぎない。この運動がなくなれば、世界そのものが衰弱し、死滅せねばならぬのかもしれない。

この評論は、上海での敗戦体験をわが身に深刻に受け止めることによって、『司馬遷』で行き着いた結論を徹底して明確にしたものといえるだろう。

しかし、これまでのこの「滅亡」論は、武田泰淳独自の仏教思想と十分に関連させて論じられているとは言えない。その相対化の先にあるものが大切なのであるが、それがまだ明確にされていない。実は、歴史的事象を含めあらゆる現象を徹底して相対化してとらえるということは、いかに切実に感じられる現実もまた実体をもたず、実体をもたないからこそいまここにあるという事実に深い意義を見いだすことにつながらなければならない。現象の相対化はそのプロセスに過ぎない。「無常」とはけっしてはかなく消え去ることではない。武田泰淳が「無常」に見たものは、敢えて喜ぶべきことでもなければ嘆くべきことでもない。「縁起」の理法である。それを単に仏教教理として語ったのではないところに、武田泰淳の仏教の独自性がある。武田泰淳の仏教とのかかわりについて、石丸晶子氏に次のよ

うな指摘がある。(3)

〈アレかコレか〉ではなく、〈アレもコレも〉の多元論（滅亡論）と人間不信を根幹として小説家となり、作品を書きつづけた武田泰淳であったが、その倫理的求道的資質のゆえに、思念の奥底では実は〈アレかコレか〉を、彼は激しく模索しつづけた作家であったと思う。

たしかに『審判』から『ひかりごけ』（昭和二九年）さらに『富士』（昭和四四〜四六）へと書き継がれていくその根底には、問いをつきつめていったその先のところに何が見えるかを真摯に追求する姿勢がある。そしてそこでは、人間とは何か、人間が自分が生きていると信じている世界がほんとうはどのようなものであるのかという問いがある。

武田泰淳にとって「無常」とは、いかに醜く、気味の悪い存在であっても、それを徹底的に見尽くすことによって「存在」そのものが明らかになるという確信の根源である。僧侶であることに限りない恥ずかしさを抱き、僧侶である自分を「人間でありながら人間以外の何ものかであるらしき、うす気味わるい存在」(4)と見ていた。これは僧侶であったことによって見えてきたものであるが、僧侶であるというよりも人間として生きることへの問いから発するものであり、人間とは、人間の生きる世界とは世間の常識が考えるほどにはわかりきったものではない。武田泰淳が仏教を通して身につけたのは、常識的な世界の受け止め方からいったん外に出て、人間でありながら人間にあらざる「存在」そのものとしての人間を問題にする方法である。したがって、武田泰淳にとって無常とは、「すべての物は変化する」とはいっても、宇宙の胎内における大破壊、大消滅、大動乱にも堪え得る堅固なものであらねばならず、ある意味では自然科学が明らかにした法則とも矛盾しない。もちろん、無常のうらさびしさやもののあわれの詠嘆とは縁がない。

武田泰淳は「諸行無常だけが人間の心を深くすることができる」と述べる。[5]「無常」の本質に気づくことがすなわち人間理解、世界認識を根底的なものにするということをいっているのだと思われる。

（二）『審判』における「無常」

『審判』は、昭和二三年四月『批評』に発表された。[6]「私は終戦後の上海であった不幸な一青年の物語をしようと思う」という書き出しで始まるこの作品は、戦争体験、上海での敗戦体験をふまえ、「滅亡」についての思索が明確に小説化された最初のものであるという点で、画期的な意味をもつ。そして、「この青年の不幸について考えることは、ひいては私たちがすべて共有しているある不幸について考えることであるような気がする」と続けることで、そこで語られる問題が、「私たちすべて」にとって普遍的なものであることを暗示している。

敗戦時の上海で、日本人のおかれた状況について、次のように描かれる。

> 日本人ことに上海あたりに居留していた日本人は、もはやあきらかに中国の罪人にひとしい。中国ばかりではない。世界中から罪人として定められたと言ってよかった。戦争に負けて口惜しいと想うよりも、私は生まれてこのかた経験したことのないほど、あまりにもハッキリと、世界における自分の位置、立場をみせつけられ、空おそろしくなるばかりであった。
> （『武田泰淳全集』筑摩書房、第二巻、三頁）

ここには武田泰淳自身の上海での体験が反映されている。主人公の一人、杉の苦悩は、自国が亡び、しかも敗戦によって罪人としての立場を引き受けざるを得ないということからくるものである。しかしそれは、「国土破滅などは歴史上何回でもくりかえされる、そのひとつにすぎない…」と繰り返し考えているうちに、「多少底の深い、おちついた絶望感」に変化していく。そしてさらに、時の経過とともに、「俺はこの頃、深刻な絶望なんか消えちまったな」

と言うに至る。

一方「不幸な一青年」と紹介された二郎は、最初「背の高い、物腰のおちついた、大人びた若者」として登場する。また、「学業をやめて応召したこと」「婚約の娘さんが上海にあること」などが付け加えられる。敗戦について感想もほとんど述べず、戦争にも無関心だと思われた二郎であったが、あるとき杉との会話の中で次のように言う。

その一人一人が平等に罰を受けるんでしょうか。まちがいなく罪の重さだけ各人が罰を受けるんでしょうか。その点が疑問なんですけどね（同、七頁）

はじめ、二郎が自身のどういう体験に照らして罪と罰を問題にしているのかわからないが、作品後半部分の杉にあてた二郎の手紙の内容によってそれが明確になるという仕掛けになっている。この二郎の苦悩は、個人の罪を強く意識することでどんどん深くなる性質のものであった。

杉と二郎、この二人の苦悩は対照的である。(7) 一方は罪人としての立場が時の経過とともに軽くなるのに対して、他方はますます重くなる。このいずれの「私」も武田泰淳その人の苦悩のありようをみごとに表している。

まず、杉の「私」は、この後『秘密』(8)、『蝮のすえ』(9)、さらに『「愛」のかたち』(10)の主人公へとつながっていく「私」である。罪の意識はあってもそれを回避し、『秘密』では「非情というか、純客観というか、非倫理というかともかく一種のたまらなさ」「智慧のいやらしさ」を行使する「私」であるし、『蝮のすえ』では、「人の不幸で金をかせぐ、そんな反省も開業の二、三日間であった。私は酒が飲みたかった。油っこいものが食べたかった。そのためには事件が起きて、客が来ることが絶対必要であった」と考える「私」である。さらに『「愛」のかたち』では「利口な野獣」「危険な物質」という自己分析にまで発展していく。このような主人公を設定することによってねらわれているのは、『審判』の杉が「人間て奴は、たとえどんな下劣な環境においてでもそれに適応して生きていくのかね」というように、非日常もまた日常に転化するという人間にとって避けられない現実、また、煩悩のおもむくままにエゴをむき出しに生きる最下底者を描くことによって浮かび上がる人間存在の本質である。それもまた人間であるという認識なしには存在の理法を明らかにすることはできない。

これは、世界を個人に置き換えれば、そのまま、諸行無常を述べた次の箇所につながっている。(11)

世界というこの大きな構成物は人間の個体が植物や動物の個体たちの生命をうばい、それをかみくだきのみくだし、消化して自分の栄養をとるように、ある民族、ある国家を消滅させては、自分を維持する栄養をとるものである。

『審判』の中では、この滅亡の思想は杉と二郎が友人から聞かされる「エネルギー不滅説」として表れる。しかし、この生きるためのどん欲さ、無神経さは、そのまま人間の背負わねばならぬ罪にもつながっている。

一方、二郎の「私」の告白によれば、最初に命令によって殺人を行ったとき、「人を殺すことがなぜいけないのかという恐ろしい思想」が頭をかすめ、それが消えたあと、「人情も道徳もない真空状態のような鉛のように無神経なもの」が残った。その精神の空白が二度目に起こったとき、「殺してごらん。ただ銃を取り上げて射てばいいのだ」という自分の中のささやきに促されて、自分の意志によって、二度目の無意味な殺人を犯してしまうのである。これは先ほどの「エネルギー不滅説」の延長線上にあり、ほとんど物理化学の実験をするかのように殺人が行われる。この「心の真空状態」においては「『物』にすぎない奴をどうあつかおうが何等おそれることはない。生物を殺すなんて悪でもなければ罰もない分解するだけの話」なのである。しかし、その行為を振り返り振り返りする二郎にとって、それは紛れもなく個人の意識によって行われた殺人行為であり、裁かれるべき罪であり得る。この移りゆきこそ、無常の論理のうちにある。「諸行無常だけが、人間の心を深くする」(12)というのは、このことである。いかなる状況において行った行為であれ、因果の外にでることはない。二郎の反省を促すものとしてさまざまな社会事象が想像されるし、恋人鈴子の存在も幸福を保証するよりはむしろ、まじめに考えれば考えるほど罪の意識を呼び起こすものとなるだろう。たとえ地球上でその殺人行為を知っている者が誰もいなくても、罪の自覚をうち消すことはできない。

二郎は、鈴子への告白の中で次のように言う。

僕だって今考えると、なぜ自分があんなことをしなきゃならなかったかわからないよ。しかし、事実はあくまで事実なんだからな。それにね、これは想像だよ、想像だけれどね、一度あったことは二度ないとは言えないんだからね。(同、二二頁)

そもそもこういわれる根底には、世の中とは何が起こるかわからない、何が起こっても不思議ではない、そういうものであるという、恐れにも似た切実な世界認識がある。それは、自己の身の上においてもまったくそのままあてはまることであり、人のすることが信じられないということは、すなわち自分が信じられないということである。すべては自己が自己を疑うことから始まる。二郎はここで自己(の行為)について、根本的な思索を行う出発点に立ったといえる。武田泰淳自身がそこから始めなければならなかったように。

「今や自分が裁かれたのだと悟」った二郎は、正式に婚約を破約する。

私には鈴子を失った悲しみとともに、また自分はそれを敢えてしたのだという痛烈な自覚がありました。そして今までにない明確な罪の自覚が生まれているのに気づきました。罪の自覚、たえずこびりつく罪の自覚だけが私の救いなのだとさえ思いはじめました。(同、二四頁)

失うということの悲しみを深く感じながらも、それを敢えて選び取るということは、当然そこに強い自覚がなければならない。滅びるということにも積極的な意味があると考えるのが「エネルギー不滅の法則」であったとするならば、それを自覚的に生き抜こうとするのが諸行無常の思想であった。したがって、「日本が亡びるのはたいしたことじゃないということは、それでもよくわかりますけれどね」「ただ、日本人一人一人の場合ですね。自分自分としてどうなんでしょうか」と、何かかたづかないものを感じ、「自分だけがもっている特別のなやみのようなもの」にこだわっていた二郎は、ここで、「亡びる」ことを自分の問題に重ね合わせ、その中で自覚的に生きようとすることができるようになったのである。

ここで繰り返される「罪の自覚」は、二郎の心のうちで「たえずこびりつくように」、次から次へと湧いてきて彼を苦しめ、抑えようにも抑えられないものであるが、しかし、それはまた無常のうちにあっていつか消えてなくなる可能性をもたえずもつものでもある。したがって、二郎は次のように言わなければならなかった。

私は自分の犯罪の場所にとどまり、私の殺した老人の同胞の顔を見ながら暮らしたい。それはともすれば鈍りがちな自覚を時々刻々めざますのに役立つでしょうから。（同、二四頁）

このように二郎に言わせるとき、武田泰淳は自己のうちにある罪意識の変質を恐れたにちがいない。それは、ずっと後に書いたの次の文章に表れている。[13]

私は、かつての体験をふりかえって、どうしても自分自身を信用することができない。人間が追い込まれた生活条件によって、どんな非人間的になりかわるかも知れぬという不安から、はなれることができない。

無常とは、非日常もまた日常化するという道理を含む。絶えず変わりつつある瞬間に、絶えずつかまえられなければならない。戦後の武田泰淳の創作活動は、その瞬間を生きることではなかったか。彼にとっても、二郎と同様、「自分の罪悪の証拠を毎日つきつけられている生活」であったと思われる。したがって、この物語の初めに「私たちすべてが共有しているある不幸」「暗い運命」と述べたものは、武田泰淳自身の問題であり、「どんな愚かな、まずいやり方でも、ともかく自分を裁こうとしている仲間がいる」ということは、敗戦後、日本人個人個人の罪を本気で考えるものなら、「罪の自覚」はそれぞれの人間が背負っているということでもある。それは、武田泰淳にとって『審判』の延長線上に、自分なりのやり方で作品を書くということにおいて確かめられる。

ここでいう武田泰淳にとってのやり方とは、一つは、自分のダメさを徹底して問い続けることであった。ダメな自分をこれでもかこれでもかというほど、果てしなく問いつめるなかでつかんだものが何であったかについて、松本徹氏は次のように述べている。(14)

ダメな自分がどうしても承認できず、問うことだ。これが本当に私なのか?この私を私として生きていくより外ないのか?この私の人生に生きる価値があるのか?こう様々に問うことだけは、如何に自分が信じられなくとも出来る。却って不信が増せば増すほど、ダメを知れば知るほど、烈しく鋭いものとなる。とりとめなさに紛れはしない。己への不信のただ中から出てくる、唯一の、確かな主体的行為だ。

単に自分が如何ようにも変わってしまうのではないかと恐れ、不安に脅かされるのとは違って、武田泰淳は如何ようにも変わり得る存在としての人間を無常のうちにとらえ、そこに足場を固めた。固定不変な実体などどこにもない。一切は変化のうちにあり、確かと思われるものも、しかるべき条件のもとで、しかるべき原因に基づいて現れるにすぎない。その条件、原因がなくなれば、その存在も消える。この法を具体的事象のうちにとらえたのが「無常」であった「無常だけが人間の心を深くする」(15)といったのは、自己を厳しく問い続け、徹底して自分のダメさを深めていくことによって、無常が一切を貫き積極的な意味をもつ根本原理のことを語っている。

自分もまた「救われ難き下品下生」の最下底者の一員であるという自覚にたえず促されながら、作品を創造する文学者としてのあり方は、人間存在の根底に帰ることであり、自らの無常の存在論を形成することであった。そして、それは「最下底者」を問題にすることであるがゆえに、そこからいかなる存在者も価値をもたぬものはないという視点が生まれる。この世に意味をもたぬものなど何一つない。これは絶対平等の探求につながる。この「最下底者」のありようは、いわば極限状況における人間存在のすがたでもあるが、それは非日常を通して日常的なあり方をもう一度とらえかえす一つの方法でもある。したがって、根源的に人間存在を問う者にとって、非日常において自己の生き方あり方を問うことが、そのまま日常世界そのもののもつ意味を問うことにもなる。それは、武田泰淳が「諸行無常」によって示そうとした最も大切なことの一つであったように思う。

『審判』に即して言うならば、二郎の犯した殺人は、戦場とはいっても、いつ自分が殺されるかわからないといった緊張を伴う状況における行為ではない。むしろ、日常的世界において、ふと心の空白状態がやってきたときに、「心のはずみ一つで」たいした抵抗もなく行われてしまう殺人である。したがって、人間存在のきわめて日常的なあり方が、いつでも殺人行為につながることを暗示している。それと同時に、「人を殺すことがなぜいけないのか」「何でもないことなんだ。ことにこんな場合実さい感情をおさえることすらないんだ。自分の手で人が殺せないことはなかろう。ただやりさえすればいいんだからな」という心のささやきが決意を促し、「もとの私でなくなってみること、それが私を誘い」、ひきがねを引いてしまう状況がある。これは、自己が自己をどんどん殺人行為にむかって追いつめ、逃げ道のない極限状況を生み出してしまうという点で、日常を超えていこうとする動きでもある。この日常から非日常への移りゆきは、われわれの日常がそのままどんなことでも起こり得る危うさをもった世界であることを示している。そして、ここで日常から非日常へいとも簡単に移ってしまうように、「罪の自覚」もまたその非日常性が日常化するが、そのとき、「自分の手で裁いたのだと思いました」「贖罪の心は薄くても、私は自分なりにわが裁きを見とどけたい心は強いのです」というように、単に裁かれることによって罪から解放されることを望むのではなく、人間存在の極限に立ってなおかつ見つづけることをめざしている。それは武田泰淳の創作活動にも重ねることができるが、その極限こそまさに日常を生きることの中に生かされなければならない。その後の二郎が自己の存在を確かめつつ生きていけるかどうかは、そこにかかっている。同時にまた、武田泰淳もまた、心のうちでたえず極限へとジャンプしつつ書きつづけることがそのまま、戦後を生きることであったと思われる。

(三)『蝮のすえ』における「無常」

『蝮のすえ』は、昭和二二年『進路』に発表された。「生きていくことは案外むずかしくないのかもしれない。」戦争で負けること、国がなくなること、それは生きていくことの前で決定的に立ちふさがるかと見えたが、そうではなかった。敗戦や滅亡はけっして人間の生の営みを排除しない。いかに非日常とみえたものも、いずれ日常に転化する。

最初は恥を忍んで生きている気でいた。だがフト気づくと、恥も何もないのであった。私の無表情や私の苦笑は、恥も何もなく、ただ生きているだけの一枚看板であった。(『全集』第二巻、五五頁)

しかし、理想もなく、信念もなく、ただ生存しているだけの「私」が、たとえ人から代書屋としていかに「価値ある人物」と見られるようになったとしても、客として現れた女性の「恥を忍んで生きている」「不幸」と、「私」の「つらい、はずかしいこと」とは大きく変わるところはない。つまり、恥ずかしさという非日常性は、日常の営みの中に消えていったかのごとく思えるが決してそうではない。生きることのむずかしさと向き合うことが日常化するだけである。問題は、その向き合い方であるといえる。

客であるその女性の夫は、軍の宣伝部で有名な人物、辛島の下で印刷技術の仕事をしていたのだが、漢口に派遣される。その夫の留守に、辛島は強引に彼女と関係を結ぶ。夫は終戦まで漢口にとどまり、上海に戻ったとき長江下痢で痩せ衰えていた。その後も辛島は彼女を手放さず、それを知った夫は彼女を罵るが、辛島の与える金品なしでは生活は成り立たなくなっていた。夫は苦しみつつも妻に「お前は憎いが、しかし可愛そうだ」とつぶやく。「私」は悲しみにむせぶ彼女を目にしながら、辛島に身を任せてつらい恥ずかしいという念も忘れてただ生存していこうとする嫌らしい憎たらしい人間の本能を読み取る。「ムカムカして悲しくなってしまう」ようなその本能は、いかに信用され、頼りにされてはいても「私」の中にもあるものであり、醜くただ生きているだけの自分のすがたそのものである。したがって、彼女から「わたしを守ってくれる？愛してくれる？」と言われたときにも、「私」の反応は、彼女を抱きながらも曖昧なものでしかない。

生きていくことはむずかしくないのかもしれないということは、生きることのむずかしさの裏返しである。生きることのむずかしさが消えてなくなることなどありはしない。世に起こるできごとの「明々白々」「痛快なほど真実」「理屈以外のもの」それらは、やがて色あせる。もっと深いところからとらえ直されなければならない。「むずかしくないのかもしれない」というところから、一歩踏み出さねばならない。というよりも、踏み出してしまうのが人間存在なのである。根本的に作者武田泰淳の中にそのような認識があったと思う。それはまさに、「諸行無常だけが人間の心を深くすることができる」ということばに端的に表されている。

> 私は生存のために生存しているだけであった。しかし、生存者である以上、たぶん強さを欲し、それにあこがれていたのではないか。（同、七〇頁）
>
> 帰国前に、この上海で、グニャグニャした豚の内蔵のように気味悪い塊を握らなかったら、永久にそれは私の前から姿を消すであろうと思われた。もう一歩だけ進まねばならなかった。（同、七七頁）

また、「私」は夢を見る。その夢の中で私は彼女に清純な恋をしており、二人だけが生きていて他には誰もいない。二人は安心していた。安心でいられることが不思議だった。「私」は、もしかしたら二人はあのとき死んでいたのかもしれない、そんな結論に達する。

生存のために生存しているだけという状況から前に進むために何が必要であったかというと、それは死の地点から自己をとらえ直すことであった。自己の置かれている状況を徹底的に相対化することによって、現実の自己の実体を否定することに他ならない。辛島を憎むとしても、敗戦によって彼はすでに権力を失っている以上、今は彼の個性を憎むのであって、背後の権力を憎むのではない。今や彼女に軽蔑されながら暴力で連れ去ることしかできない男。罵ることの簡単さ、やけくそになることの甘さ、それしかもたない男。そんな男との間で、「何を一体、我々はやりつつあるのか」と自問する「私」は、両手を頭上に上げる。すると、アスファルトの上に自分の影がゴリラが歩き出したように落ちている。「私」はわざと膝を曲げ、頭上の両手をゆらゆらさせ、ゴリラのようにして深夜の裏町を歩く。この影に過ぎないのが人間存在であり、彼女のために真剣であることも、深刻であることも、そこではたいした問題ではない。死を通して自己の存在を影にすぎないものと見るとき、「私」は「あたかも森林を出て血潮したたらんとする現場にいそぐ膂力すぐれた怪獣のように」また、「私以外の生物、神経以外の力で充実したあるすばらしい四足動物であるかの如き」自信にあふれ、もはや市民的用心は消え失せる。

生きることのむずかしさが消えたわけではない。自分の人生を一つの影と見ることで軽い心を深くし、血なまぐさい事件に遭遇するとしても、「現在上海で経験している複雑さを棄ててもとどおりの日本にもどるのは心残りでもあり、自分のとって損失だ」と思う。その複雑さを棄てれば、「変化も発展も恐怖も希望も望めない」かもしれない。あくまでこの生きることのむずかしさにとどまることこそが、影に過ぎぬ自己を生ききることにつながる。それ以外に生きることの意義を見いだせる場があるはずもない。

無常とは、ただ影のごとく生存しているだけでありながら、たえずそれを死の地点から逆照射して、そこに生存の強烈な輝きを体現することである。それはもはや、世間的な意味での「幸福」などと同質であろうはずもない。女が「私」と二人でフランス租界へ逃げようかという考えを示したのに対して、「私」は言う。

「幸福」という文字も私は信じられなかった。女と同棲して幸福になるとはどうしても考えられなかった。安定したものは必ず崩れ壊れるときが来るという念が強くて、一つの形で「幸福」を予想などできなかった。(同、八七頁)

これはまさに、武田泰淳が『異形の者』(昭和二五年四月)において、主人公の青年に「愛妻を抱いて蒲団のぬくもりの中で自己の幸福にうちふるえている僧侶の自分を想像することはできない」と言わせているのに符合する。すべてのものは変化するという道理を身にしみて知っている仏教者にとって、一つの「幸福」を固定して考えることはできない。むしろ、すべてのものは変化するからこそあらゆるものとつながることができる。それは嘆くべきことではない。無常とは決してはかなく消え去ることではない。

したがって、「正義が存在するとは思っていなかった」「ただ生きているだけだと考えていた」「私」は「事件から身を引くことは自分がゼロになることであることに気づき」「自分がゼロになるのを拒否する人間だという発見」に驚く。ここにいう「ゼロになる」というのは、自己を徹底して相対化し、自己を何ものでもないものと認めることではあるが、それを認めるだけなら人間存在を詠嘆の対象とするのと変わらない。武田泰淳の考える無常とは、自己の無根拠性に立脚しつつも、なおかつ、その自己の何ものでもないということに安住しないということであった。

殺されるかもしれない、殺されてもしかたがないと思い、運命を決めて必死に辛島に対して斧をふるったとき、すでに辛島の背に刃物が突き刺さっており、心臓か肺臓を貫いていた。衝動的な悲しみと怖れの中で「彼が死につつあること、それを私一人が見守っていること、彼が最後に彼女の名を呼んでいること、それを聴いているのが私一人であること」が「私」を打ちのめす。そのあと、上海を出航した病院船の中で「私」は彼女と次のような会話を交わす。


「ただ苦しいんだよ」

「わたしをまだ愛しているの、え?」

「重苦しくて、ほかのこと考えられないんだ」

「何がそんなに苦しいの」船腹が鈍く鳴り、冷いしぶきが手や顔にかかった。「辛島のことなの、私の夫のことなの?」

「全体だよ。自分が生きていることの全体だよ」(同、九九頁)

生きることのむずかしさは何ら変わっていない。何をしたから不快なものが胸につまったというわけではない。まさに生きることがそのまま苦しいのだ。彼女の夫はまもなく死ぬ。一人で死ぬ。辛島はすでに死んだが、彼にとって堪えられないのは、自分が死んだ後、彼女と「私」が死なずに生き残っていることだ。死にかかっていた辛島が考えていたことが、やはりそれだった。死にゆくものの目に見えてくるものだ。自分が死んで、人が平気で生きていることとは何と妙なことだろうという思いは、存在を根底から覆す力をもっている。生きるとは自分が生きることであって、それ以外ではあり得ない。少なくとも、自分が死ぬことによって、自分にとっての世界は消える。影としての世界は消滅する。後に続くかに見える世界も実はない。人間存在とはもともとそういうものであった。そのないということ、その実体を徹底してないものとみることが無常の本来のすがたなのである。生き残ったものはなかなかその地点に立ってものを見ることができない。しかし、本当はその滅びゆく者の目でものを見ることが大切なのではないか。そうでなければ、無常の恐ろしさも堅固さも見えてこないのではないか、と思える。

おわりに

武田泰淳は「諸行無常」ということばをよく使った。フィクションであるとはいえ、『異形の者』（昭和二五年）から『快楽』（昭和三五年～三九年）にいたるまで、自らの僧としての体験を直接的に問題にした作品もある。しかし、むしろ仏教とはかかわりがないかのように見えるものの中に、実はその発想、というよりは根源的な人間観、世界観、存在観としての「無常」の理法が生かされているように思う。

武田泰淳の文学に仏教思想が大きな意味をもっているというのは、武田泰淳が僧侶であったことや、仏教について多く語ったからということだけが、その原因なのではない。物事を根底的に考える姿勢が仏教的なのである。「すべてのものは変化するのだが、変化するもの同士がおたがい関係しあっている。ただ単に一人だけで変化していくものはなにもない。関係しあいながら進化していくのが仏教の定理」[16]であるというが、これは無常とは、実体化された何ものも認めないことであり、そうであるがゆえに「関係」に重要な意味があるのである。したがって、武田泰淳は作品を書いていく限りにおいて、人間とは何か、人間存在とはいかなるものであるかと問うことが仏教的なのであり、仏教というものなどどこにも存在しなくてよいのである。龍樹の空観がそうであったように、何もかも否定し尽くしてその先に見えてくるのは、何もないからこそ存在するという縁起の世界だけである。武田泰淳は日本的な仏教を否定した。もし、作品の背景としての「無常」を手垢の付いた無常概念で割り切るならば、その文学を大きく読み誤ることになるだろう。

武田泰淳は晩年、「とりわけ文学者は、諸行無常のしつこさ、むごたらしさからめをそらすわけにはいかない」と述べている。[17]「無常」とは、人間の日常、非日常の往還を貫いてどこまでもそれらを支えているものであると同時に、人間にとって、情け容赦ない滅亡をうちに含むものでもある。個人の死もまたその一つの形態である。それはある意味では冷酷なものでもあるが、問題はその滅亡、死をわが身に引きつけ、生の中に生かしていけるかどうかである。

本稿では、小説家武田泰淳の出発点となった『審判』『蝮のすえ』を中心に、その思想的背景としての「無常」を明らかにしようとした。簡単に言ってしまえば、「無常」という根本的な危機の中に、危機であるがゆえにこそ人間存在の本質が露呈されており、そこに「生きる」という日常的行為が存立し得るはずだという前提に立っている。「滅亡」、「死」のもつ非日常性は深く日常化されなければならない。そうでなければ生も死も意味を失ってしまう。これらの作品はそういう観点から読まれるべきであると思う。ここでは昭和二〇年代初めまでを問題にしたが、それはその後の作品にもとどくものをもっていると考える。

注

（1）昭和六年二月一五日に得度、同年七月三日僧籍登録、昭和七年まで養成講座を受け、昭和八年三月から四月にかけて加行、武田覚から武田泰淳となり浄土宗の僧侶の資格を取った。「僧籍簿」によれば、昭和二一年、四月から西光寺住職に任命され、五月から潮江院の兼務住職にも任命されている。ただ、この時期は、昭和二一年の『才子佳人』(七月)、昭和二二年の『審判』(四月)、『秘密』(六月)、『蝮のすえ』(八月〜一〇月)と、小説家として仕事が活発になった頃であり、寺院の勤めをどれだけ果たしていたかは疑問である（長田真紀『僧侶武田泰淳の軌跡』、『二松』第六号、平成四年）。

（2）『滅亡について』(『武田泰淳全集　第一二巻』昭和五四年、筑摩書房) 初出は『花』第八号、昭和二三年四月。

（3）石丸晶子『『史記』の解説者から現代作家への道程』(『昭和文学研究』第一〇集、昭和六〇年二月)

（4）『異形の者』(『武田泰淳全集　第五巻』) 初出は『展望』昭和二五年四月号。

（5）『諸行無常のはなし』(『武田泰淳全集　第一三巻』) 初出は『浄土』昭和三四年六月号。

（6）『審判』(『武田泰淳全集　第二巻』)

（7）兵藤正之助『武田泰淳論—作家としての出発をめぐって—』(『文学』昭和五一年七月)

（8）『秘密』(『武田泰淳全集　第二巻』初出は『象徴』第三号、昭和二二年六月。

（9）『蝮のすえ』(『武田泰淳全集　第二巻』初出は『進路』昭和二二年八月から一〇月。

(10)『「愛」のかたち』(『武田泰淳全集　第二巻』初出は『個性』昭和二三年五月号の「危険な物質」、『序曲』第一輯、昭和二三年一二月の「『愛』のかたち」、昭和二四年一月臼井書房から発行の創作集『月光都市』に収録された書き下ろし「利口な野獣」、以上の連作三編が再構成されたもの。
(11)『滅亡について』前掲
(12)『諸行無常のはなし』前掲
(13)『戦争と私』(『武田泰淳全集　第一八巻』)初出は『朝日新聞』昭和四二年八月一五日。
(14) 松本徹『問うことと書くこと―武田泰淳論』(『文藝』昭和五一年七月)
(15)『諸行無常のはなし』前掲
(16)『文学と仏教』(『武田泰淳全集　第一八巻』)初出は『在家仏教』昭和三八年八月号
(17)『わが思索わが風土』(『武田泰淳全集　第一六巻』)初出は『朝日新聞』昭和四六年三月一五日

二、武田泰淳『富士』論―ニヒリズムをめぐって―

はじめに

『富士』は昭和一九年、富士山の裾野にある精神病院を舞台として展開する。あえてこの時空が選ばれていることには深い意味がある。(1) まさに国全体が「狂気」の渦中にあり、そんな中での正気と狂気の逆転状況を問題にしており、正気と狂気の概念は決して自明のものではないということが、その前提とされている。

物語は、当時精神科演習学生であった「私」=大島が二五年の歳月を経て、信頼する中学の同窓生である精神病院長に読んでもらうため書きつづった「手記」であり、回想である。そこには、根源的な問いを問うことによって自己の何たるかを確認しようという意図が込められている。暗く不吉な予感に満ちた世の中にあって、それを真正面から受け止めようとするかぎり、何らかのかたちでニヒリズムとかかわらざるを得ない。[2] そのことを『富士』自体も問うている。ニヒリズムこそこの作品を読み解く一つの鍵であると言ってよい。

それは「宮様」を自称し、「日本精神病院改革案」によって、患者を支配する「秩序」を批判し本物の宮様に直訴しようとして自滅する「嘘言症患者」、一条実見にだけ言えることではない。立場は違っても、手記の書き手である大島にも、彼が師と仰ぎ尊敬する院長甘野にも、さらには他の登場人物たちにも言えることである。先行研究では、武田泰淳の仏教的ニヒリズムへの言及はあるが、作品『富士』に内在するニヒリズムそのものを問題にしているものは、わずかの例外を除いてほとんど無いといってよい。[3] したがって、本稿では『富士』におけるニヒリズムの概念を改めて検討するとともに、この作品のもつ思想的射程と現代的意義について考えてみたい。

（一）倫理、非倫理を超えるということ

この作品の展開において主要な役割を担う人物として、一方の極に「正常秩序」を代表する院長甘野がおり、それを批判し攻撃する「嘘言症患者」一条がもう一方の極にいる。そして、「正常」と「異常」の間に挟まってどっちつかずに苦しんでいる大島がいる。[4]

「私」＝大島は言う。

> 一条と会話すると、いきなりあまりにも根本的な問題、いわゆる深淵という奴にひきずりこまれるので、私の答は息切れがしてくるのである。実のところ、私という男は、そのような根本的な深淵を避けて通りたい、ありきたりの安全主義者なのかもしれない。（『武田泰淳全集』第一〇巻、筑摩書房、一九七三、三章、五九頁）

これは、医師プラス病院の秩序を許すけれどもそのかわり、患者プラス異常の秩序をも承認させずにはおかない、

もしこの世にたった一つの秩序しかあり得ないというなら、それは盲信にすぎないという一条の論理に対して、積極的に反論できない大島の立場を示している。

しかし、「イツワリの秩序」を転倒させ「真の秩序」を現出せしめようとする一条は、「日本全体を一つの精神病院に見立てて、その改革」案を出したということの他は、具体的には何もわからないまま死んでしまう。それは自ら殺されることを望んだということでもあった。そして一条の死の後に次々と起こる事件は、一条の「復活」と「奇蹟」の出現の噂を広め、正常人と異常人の区別が失われてしまったかのような「ワルプルギスの夜」を招き寄せることになる。ここに、まさに「集団発狂」と呼ぶに近い事態が発生する。一条が成し遂げようとしたことに意味があったのか、なかったのか。一条が死の直前に大島に宛てた手紙には次のようにある。

『ミヤ』は自分が宮様であることを、他人に信じこませなければならないのだろうか。自称宮様は、それでなければ気がすまないだろう。だが真のミヤであるぼくには、そんな無意味な押しつけがましい評判とりは一切不必要なんだ。なぜならぼくには確固不動の信念があるからだ。……ただ一つ、ぼくが自慢できるのは……自分ひとりの力で、政治体制や学術思想や、いや愛や同情や未来への理想もなく、たった今ミヤサマとして死ねることなのだ。気ちがいのたわごと。……しかし、にもかかわらずボクは依然としてミヤであり、ミヤであった。ああくすぐったいくらい、いい気持ちじゃないですか。どうしてこんなことに、なっちまったんだろうか。それは、おそらくこの世には精神病患者があり、彼らを収容する精神病院があり、その病院には院長があり、君たちもいて、ずうーとその秩序は続いていくことから来ているのかもしれないな。（一六章、三一三〜三一四頁）

これは単に敗北を認めたということではない。追いつめられて思想的に後退し、自滅の道を選んだということでもない。粟津則雄『主題と構造――武田泰淳と戦後文学』（集英社、一九七七、二二七〜二二八頁）には、次のような指摘がある。

「正常」の持つ正常性そのものは、実は「異常」によって支えられることによって辛うじて成り立っているのだという考え方には、既成秩序への感情的な嫌悪や反撥とは異る、もっと成熟したと言わぬまでももっと徹底した思考が感じられる。感情的な嫌悪や反撥は、えてして、おのれを単純に実体化することになりがちなものだ。既成の正常な秩序にとってかわって、おのれこそ正常なものとしようとする、同じ穴のむじな的なものになりがちなものだ。その点、一条の思考には、「異常」を実体化しようとするようなところはない。

一条が宮様であることは理屈の上ではまったく妄想としか言いようがない。そしてそのために、かつて優れた精神科学生であり大島の同級生であった彼がいまは精神病患者として扱われるわけだが、しかし、それを信念として行動しているという点が人には理解できないだけであって、信念によって人間そのもの、社会そのものも成り立つということに正常、異常の区別はない。人が「私は異常ではない」という信念をもつことができるのと同じく、一条も「私は宮様だ」という信念をもつことができる。ただ多くの者がそれを認めるかどうかだけが問題なのである。したがって、一条が本当に狂者かどうか自体、この作品では最後まで明示されてはいない。一般的にはどうみても挫折せざるを得ない虚の地点から「正常秩序」の正常性そのものを疑問に付するとき、その秩序が続こうが続くまいが、それはたいした問題ではない。このとき日本の現状を分析し、未来にビジョンを示そうとする一条の倫理は、あえて惨殺の場に自己を追い込むニヒリズムのなかに溶解して、倫理でも非倫理でもない何ものかとなる。「くすぐったいくらいいい気持ち」に身も心もまかせてしまうのである。

大島は、一条死後の騒ぎのなかで「幻覚も妄想もそれが存在したかぎりすべて真実なのだ」と思い、「私が患者になり得る、患者になりつつあることの快感と恍惚」を味わうにいたるが、もともと、自分が精神科医であることについて次のように考えていた。

精神科医はあらゆる患者が患者であることを冷静にみとめる立場にあるが故に、すべての患者の病状は、人間として許されてあると思考しなければならない。それは結局、人間にとって、あらゆる生き方、あらゆる動き、あらゆる錯覚は許されてあるという見解を保持することを意味する。……もし、できないとすれば、私は精神科医師として失格することになる。では、私はすでに失格しかかっている。いや、もう救いがたく失格しているのではないか。（三章、六七頁）

ここで、「病人」対「医師」の関係を「俗衆」対「聖職者」（「衆生」対「僧侶」）の関係に置き換えることができる。「医師」であることをつきつめていくと、すべての者を救い取るだけの覚悟があるかどうかが問われる。甘野は、息子が溺死させられたり、繰り返し自宅に放火事件が起こっても、その身の不幸を、「誤解されることこそ当然なんだから、自らすすんでその誤解をひきうけなければならない」と言い、「やさしさ」を選ぶ。

ぼくらが、やさしさを選ぶとする。だがそれは、向こうがいやおうなく、それを選ばせるからなんだ。決してこっちが、自発的に意志のちからで、そうできているわけじゃないんだよ。管理者であるはずの我々は、いつのまにか収容者たちに、身も心もまかせてしまう。そう、させられてしまうんだよ。（七章、一四二頁）

意志のちからで「やさしく」あろうとするのは倫理である。しかし、もはやそんな小賢しい「戦術」など無意味なほどのちからがそこにははたらいているという。それは、「患者たちによって代表される人間精神の異常性は、もしかしたら、その神、その巨大な何物かであるかもしれない」ということばにつながる。「医師」と「病人」を区別し、あくまでも倫理的な立場に立とうとする甘野においても、その根源には非倫理のちからがある。あくまでも「医師」の立場にありながら、「あらゆる人間は何らかの病気にかかっている」という意味において、「病人」であることを認めざるを得ない。

一条の死後、騒ぎが起こる予感のなかで、「どんな騒ぎが起ころうと、我々医師はそれを正面から浴びねばならない」ということばを残して、「兵士の戦意昂揚についての精神病理学的調査」のため、戦死者の続出する南洋の孤島に旅立つ。ただひたすら耐えて、疲れ、死ぬことしか後には残っていない。甘野はただ倫理のみによって耐えているのではない。いかに困難であろうとも、そうするしかない根源的なもの、倫理を超えたものがそこにはたらいていると考えなければならない。

大島は手記の終わり近くで次のように言う。

> あさましい、醜い、みじめな、救いようもない渦に巻きこまれてキリキリ舞いをさせられながらも、正気でもあり狂気でもある我々は、何かしらその渦とは反対の極に到達できるという予感を持ちつづけている。何回も、くりかえし、その予感は裏切られる。裏切られることをも、また我々は予感している。したがって、その予感は混沌の胎内に埋められ、敵味方の差別なく、姿かたちもつかみがたくなってはいるが、「反対の極への到達」が、いつかかならずやってくるという予感は、牢固として我々の中に在る。この予感が正気を生み出すものであるか、狂気をはぐくむものであるか。その審判を下し得る責任者、当局者が、我々精神病学者であるかと問われるさいの戦慄。その戦慄のみが、我々をわずかに支えてくれているのであるが、困惑すべき中でも最も困惑すべきことには、我々はこの「予感」なしでは、つまりは「戦慄」なしでは、一歩の前進もできかねるのである。（一八章、三五三頁）

精神病患者をできるかぎり守ろうとするのは医者の倫理である。にもかかわらずしばしば過ちを犯し、よろめき、絶望する。それでもなんとか持ちこたえ、努力する。だが、それはまた裏切られる。さらに相手の存在を失わせようとしたり、作り改めようとする。それを大それた願いだと考えながらも、その願いなしでは生きていくことができない。しかし、何かしら深き真実に到達できそうになっている、人間存在そのものの本質に突入できそうになっているという予感がこのときの大島にはある。[5]「混沌の胎内」にあって、医者だって人間であり動物であり野獣である、欲情も欲望もわがままも殺気も持ち得るのだということを認め、倫理を超えたところから、倫理を引き受けようとする。

しかし、この手記は患者としての資格をもった立場で書かれている。たとえそうだとしても、倫理、非倫理の枠を超えてしまうことこそ人間の偽らざるすがたと言えるのではないかという問題提起がそこにはある。すでにみたように、一条にしても甘野にしてもそうすべきだ、という当為のためにそうするのではない。殺意をひらめかす色情狂にして、後に処女懐胎を信じる庭京子が言うように、「たしかに、すべての人間は、何物かにさせられて、現在の自分であり得ている」。倫理、非倫理を超えてしまうのが人間なのである。

(二)　ニヒリズムの諸相

この作品において二つの極をなし、まったく相反する方向性を示すかにみえる院長甘野と一条実見であるが、ぎりぎりのところで倫理、非倫理を超えてしまうことで、死を身に引き寄せて生きるという点で共通しているということは、すでにみたとおりである。手記の筆者大島は、この二人に類似するところとして次のようなことを書いている。

考えに沈み込んで、精神を集中していくときの、一条の表情と姿勢は、甘野院長のそれに、いやになるほど似かよっている。つまり気味のわるいほどの、やさしさ。やわらかさ。集中点にのめりこんでいくための外界に対する無関心。要するに精神のはたらきの決定的瞬間を全身でうけとめるための、ある種の緊張と忘我状態の不可思議な融合が、この二人ににじみ出てくるのである。(三章、六六頁)

暗い顔つきになり、全体のうきうきした気分と離れているのは、一条ばかりではなかった。しずかに看護婦長と話しあっている院長の顔つきも、よく観察すれば、一条と少しもちがわぬ暗さをにじみ出していた。(六章、一三〇頁)

この「一条と院長を包みこんでいる憂鬱」はどこからくるのか。

そもそも、この手記には夥しい死が書き込まれている。前線では健康な若者たちがどんどん戦死している。戦争が激しくなるにつれて入院患者は増すばかりであるが、栄養状態が良くないなかでの病死、そして自殺も毎日のように起こっている。甘野は長男を溺死させられている。食事に浅ましいほどの喜びを示し院長に忠実であったてんかん病者大木戸も死ぬ。梅毒性麻痺の元印刷工間宮は熱愛するハトを殺害されたと思いこみ、院長に復讐すべく甘野家を襲い、院長不在のなか子守女中里きんを殺し、夫を失ったばかりで寄宿中の大木戸夫人に殺される。そして、一条の死。

いつどんな死が起こっても不思議ではない状況で、その予感をもちながらそれぞれが生きている。「何もできねえのか。何もできねえじゃ病院じゃねえ。院長でも先生でもねえ。ただのデクの坊だ。みんなこんな風にして死なせているだなあ」。という非難に、甘野はじっと「我慢」する。死の間際、「負けつづけに負け、いま最後の負けにおち入っているにちがいない」大木戸がつぶやいたことばは、「人間なんてつまらないものだなあ」であり、そのつまらないものとして生きつづけねばならない人間は、いまどうすればよいのか、それがそのつぶやきを聞いた大島の問題であり、甘野の問題でもある。

甘野邸に侵入して院長を殺そうと企て、かえって殺されてしまった彼の愛する一人の患者。そして、その患者に抵抗し、主家への忠誠を尽くして殺された子守女。また、たまたま甘野家に宿泊人となったために、思いもかけず、甘野夫人とその一人娘を守るために、自分の手で一人の患者を殺してしまった大木戸夫人。この三者がそれぞれにかかえこんだニヒリズムをそこに読み取らねばならない。

甘野はこの三人をまったく平等公平に愛し、分け隔てなく同じ人間として扱うことができていたかどうか。もしそれができていたにしても、かれのやさしさや冷静さを逸脱して、平等でも公平でもない惨劇が起こってしまう。当然それを甘野は深く受け止める。罰を覚悟し、院長の資格を問われ人間を廃業しろと嘲笑されても、「ぼくは病人であると同時に医師であらねばならない」と彼に言い続けさせるのは、倫理だけとは思えない。その奥にニヒリズムを読み取らざるを得ない。ここで、甘野が「医師」としての人間であることの「意味」と「無意味」は、明らかにニヒリズムの問題現象である。[6]「どんな騒ぎが起ころうと騒ぎこそ自然なのだと自分に納得させなければならない」と言うが、病院看護人にも毎日のように赤紙が届き、どうせ遠からず死ぬんだからという気分が漂うなか、それが甘野の心理に影響しないはずがない。

一方、一条は本物の宮様に「日本精神病院改革案」を手渡したあとは、不必要な抵抗を試みる。「彼の悪あがき、往生ぎわの悪さは殺されるために必要だったのだ」。一条は「宮様」のまま死ぬために、死なせてもらうために、警備員たちを罵倒して相手の怒りを激発した。一条がはたして彼自身を死に至るまで「宮様」と信じていたか否かはわからない。だが、少なくともその「信念」だけは堅持していた。そのようにして死ぬことだけが生の証となるという生き方、これもまたニヒリズム以外の何ものでもない。

ニーチェがニヒリズムを能動的ニヒリズムと受動的ニヒリズムに分類したことは周知のとおりであるが、ここにいうニヒリズムとはけっして虚無主義ではない。超克されるべきものとしてあるのではない。ニヒリズムの本質には、存在そのものの現成がかかわっている。甘野は困難に持ちこたえて生きようとしているし、一条は自滅的にもみえる死を生きようとしている。それは無の地点から世界の過誤、虚偽、幻想に問いを投げ続けることである。拠って立つところの、その無根拠性に耐え、それを引き受け生きようと覚悟することである。[7]

死に照らして、生存するために意味づけていたものが無化されるとき、「人生には意味がない」という事態が起こる。これを「不条理」と呼ぶならば、この「不条理」にあくまで反抗し、「人生には意味がないにもかかわらず生きる」という態度、これがニヒリズムである。また、「人生には意味がない、だから生きる」とも言える。[8] さらにこれは、人間は「何をやっても無駄だが、（だからこそ）何をするのも許されている」と置き換えることもできる。[9] このようにみると、それは相反する立場に立つ甘野と一条、いずれにもあてはまるように思える。大島が、「幻覚も妄想も、それが存在したかぎり、すべて真実なのだ」と言い、「かならずしもデスペレイトな、投げやりの心」からではなく、いまにも突入できそうになっている「人間の存在そのものの本質」とは、このことを言っているのではないだろうか。

(三) 仏教とニヒリズム

序章「神の餌」は、「入院の資格のある患者」の手記のことばとして、次のように締め括られる。

――「絶滅」という日本語があって、やはりそれは重要な因子であるように思われる。ネズミを絶滅することは絶対不可能という予感があるため、絶滅とネズミが結びつくのであろうか。リスの方は、人間がそれを望まないでも、一族の子孫が絶えてしまうという予感がある。したがって、リスと絶滅はどうしても結びつかない。わざわざ結びつける必要が、もともとないのであるから。今のところ人類はまだまだ、ふえつづける予想が強いので、かえって「絶滅」が不吉な実感として迫ってくるのである。(序章、一四頁)

「ネズミが可愛くなくて、なぜリスが可愛いかという問題」は、餌を与える「神」の問題であり、恵みの神、救いの神でありつつ、また怒りの神、抹殺の神でもあり得る運命をもつことになる。その神の立場からすると、ネズミが「絶滅」と結びつかないがゆえに「絶滅」を望むのだとしたら、「まだまだふえつづける予想が強い」人類もまた、滅びたほうがよいということになる。人間は「神」にはなれないが、人間の生存に価値ありという先入観を捨てて虚心に人間そのものを見つめるとき、そこから浮かび上がってくる事態が問題なのである。ここでは現世的価値は転倒する。正常と異常、善と悪、医師と患者、秩序と無秩序、こういったものがもう一度根本から問い直されるとき、何が見えてくるか。「人間このいかがわしきもの」という見方を徹底化させれば、正気と狂気、正常と異常の境はもはやなく、すべてがまったく平等の重みで相対化される。この相対性のなかでしか生きられないとすれば、人間はどのような道をとり得るか。これについて重岡徹は、仏教の「往相」「還相」概念を応用して次のように分析する。(10)

人間が相対性のなかでしか生きられないことを知りつくしながら、一条は意志して盲目になることにより、絶対的存在たらんとした。甘野は人間の相対性を知りつくしているがゆえにそこに倫理性をもちこもうとした。一条が往相の極限で還相への帰還を遮断した生を択んだのにたいし、甘野は困難な還相の生に耐えようとしている。人間の相対性と絶対性の落差に耐えつづけようとする甘野の生のありようは、また武田泰淳その人のそれであるにちがいない。

ここでは、〈色即是空、空即是色〉とひっくり返される面をニヒリズム、〈色を滅して空へ〉とひっくり返されない面を倫理性とし、ニヒリズムを往相に、倫理性を還相に対応させている。還相においては、偽善であるとわかりきっている愚行でもやってのける方が善に一歩でも近づく途だと考えるのに対し、往相においてはあくまで偽善を排除する。ニヒリズムを色世界の総否定およびその裏返しとしての総肯定ととらえ、対するにそれのみによっては生きられないがゆえに、意識的にもちこまれるのが方向性をもった倫理性であるという。たしかに、困難な状況に耐えるには意識過程としての倫理が必要であろう。しかし、このニヒリズムは〈色即是空、空即是色〉とひっくり返されるわけであるから、徹底して非実体化を敢行することによって〈色〉に着地する側面がある。したがって、あくまで否定的であることが必ずしも無方向的であるとは言えない。

仏教のニヒリズムはどのようにとらえることができるのだろうか。武田泰淳は寺田透との対談「「殺す」こと「殺される」こと――ニヒリズムと創造行為」（『群像』一九七二・一二）において、次のようなやりとりをしている。

武田　善も悪もない、すべてのものは死んでもいいのだということになると、それはそういうことになるはずはないけれども、ヒットラーの殺人、全面的抹殺、それをもっと拡大して、人類全体が抹殺されてもいいものだということになるでしょう。そうなったら、これは非常に危険なニヒリズムだね。
寺田　そうですね。
武田　それをある部分では仏教は含んでいると思うんです。仏教をやれば、国家安泰とか、それからヒューマニズムとか社会主義とかいうものにそんなに安全にうまく結びつかないんだな。
寺田　だけど、ぼくは、おそらく道元でも人間が新しく生まれない状態というのをひそかな理想としただろうと思う。ただ、そのときの寒巌枯木というのは坊さんひとりの生活態度をいうのではなくて、地球全体が寒巌枯木になっちゃうわけでしょう。それをおそれて、そういうふうにしまいためのいろいろな思想的努力を道元はしている。

何をやっても同じ、何をやろうとすべては許されるということのなかに、理屈の上では自己消滅や自己抹殺も含まれる。一切が「空」であるという仏教の根本原理は厭世的孤独、生の不安、虚無的気分に結びつけられやすい。しかし、それで終わるのではない。その「思想的努力」の方向性もまたニヒリズムと切り離しては考えられない。絶滅したほうがよいに違いない人類がそれでも生きつづけたいと願うとするならば、ニヒリズムの極点にありながら祈りつづけるしかない。問題は、ニヒリズムを是とするか非とするかなどということではなく、このニヒリズムを極限まで考え抜くことによって何が明らかになってくるかということである。結局、ニヒリズムは次のようなかたちをとって表れる。

終章「神の指」では、甘野夫人が夫のことばとして「人間は、なんにも悪いことをしなくても、ひどい目に遭うということですの」と言い、大島が「悪いことを、やるやらないにかかわらずですね。そうです。不幸は、こっちの心がけの善い悪いに関係なしにやってきますね」と応じる。現実は俗に言う「因果応報」ではとらえきれない。むしろ、救いはないという認識のほうが、ここではより仏教的であるといえるのかもしれない。[11]　武田泰淳は救いを得る道を選ぼうとはしなかった。[12]　遠藤周作、加賀乙彦、椎名麟三との座談会「宗教と文学」（『文芸』一九六九・九）において、「僕は、救いはないと思うから変化ということを言っている」「仏教徒は本来そうである……」と言い、これに対して加賀乙彦が「いまやなにも信じないニヒリズムですね」と応じている。精神的に最も追い込まれたところから積極性へと転じるエネルギーは、このニヒリズムにあると言ってよい。

(四)『富士』の生起する「いま」

「精神病患者は、死火山のように見える活火山のようなものだと思うんです。いつ噴火するかわからない、いつ爆発するかわからない生きた火山みたいなものです。たとえば富士山ですが、歴史学者の説によると、記録に残っているだけでも数十回の噴火、爆発を重ねてきたそうです。その度に、溶岩が流れだして、地形を変化させ、住民も村も焼きつくし埋めつくしてきたという話です。……」（七章、一五六頁）

富士山は眺められる対象として、いつも動かずそこに鎮座しているわけではない。「いま」表面的に見ればどんなに静かな風光であろうとも、その内に激しい活動を秘めている。それはまさに変化のただ中にある。精神病患者ならずとも、人間はみないつ噴火するかわからない火山みたいなものであり、変化しつづける。

すべての物は変化するからこそ、おたがいにどこかで関係し合うことができる。過去から未来へ、タテ一本につながった「無常」の関係ばかりではなく、ヨコ一面にひろがった「縁起」の関係が、そこにできあがるのである。……自己保存、種族保存の本能が与えられている私たちが、「変化」の法則を忘れがちになるのはやむを得ない。しかし、人間が限界状況におかれる運命をもっているからには、たえず、「変化」のはざわりで自分自身を目ざめさせるチャンスをあたえられているのである。（「限界状況における人間」『毎日宗教講座』第一巻、一九五八・一、『全集』第一三巻、二九二〜二九三頁）

問題は、この変化をどうとらえるかである。すべてのものは変化するということは逃れられない現実であり、自然科学と矛盾することもない。その変化のなかで滅亡もあり、発展もある。そして、人間はそこに自分自身の生きざまを意義づけていくが、たえずさまざまな困難を伴う。

作品『富士』において、困難な問いの前でもがきにもがく登場人物たちにこれといった解決は与えられていない。「火山についての全般的研究なくしては、地球の本質をきわめつくすことはできない」ように、「精神病患者についての全般的研究なくしては、人類の本質をきわめつくすことはできない」と言った甘野にしても、疲れ切って斃れるしかなかった。それは、そのことばを語るときの「暗い暗い穴の奥を見つめるようなどんよりした眼つき」から予想できたことである。

物語の大詰め、「底知れぬ沈滞、沈黙、無思想、無気力の闇」のなかで起こったことは、黙狂の哲学少年岡村が「富士が燃えているよ」と叫ぶのを大島が聴いたことである。「それは、風に吹きさらされる大煙突のてっぺんから赤く燃えさかる富士の実景を、彼の肉眼で、しっかと見てとったという意味だったろうか。それとも、視力にたよらぬ悪意ある暗示だったのだろうか」。と、問いかけのかたちになっているのであるが。この夕陽に赤々と燃える巨大な富士が象徴するのは、「物語の生起する場としての精神病院の崩壊と消滅のイメージ」である[13]。物語が進行する「昭和一九年」の帝国日本の「いま」にかかわり、さらにこれは、作品『富士』が書かれる一九七〇年前後[14]、さまざまな闘争の形態において社会的枠組みそのものが問われ、文学者の間でもそれが知の根底に迫る問題として受けとめられたことと無関係ではあるまい。この崩壊と消滅は、ニヒリズムがそこにもっている「死」の一面であると同時に、そこから生み出されるものを含む「生」の側面をもあわせもつ。それがすなわち「変化」であって、富士が死火山のように見えながら実は活火山であり得るということの意味につながる。

ところで、『富士』の手記が閉じられる大島の「いま」は、そのなかに登場してきた多くの患者たちの死後であり、幼くして殺人や放火事件などの不幸に見舞われつづけた甘野の一人娘マリは大島の妻となり、さらに大島同様「入院の資格ある患者」となっており、夫妻の今後を暗示する。

さらに、作品『富士』創作の「いま」は、たとえば次のような作家武田泰淳自身の「いま」と重なる。

『富士』の後半は、〈富士曼陀羅〉に擬していうなら〈アルコール曼陀羅〉とでもいえるような異常な生活のリズムのなかで書き続けられた。しかも一方では割合と好きな題材を取り扱う心安さのようなものもそこにはあったと言っているのであって、例えば実際に見た夢を〈そのまま作品の中にとり入れたりした〉というような述懐からは、そのときの作者自身の肉体の営みまでを、そのまま作品の中に注ぎ込んでいたようすが窺われるのである。（高橋春雄「『富士』武田泰淳」『國文学解釈と鑑賞』一九八四・五）

このとき、あえて種類の異なった酒を合わせて飲むことによって異常な心理状態を作り出し、また、そこで見た夢を書き込むというようなこともしている。(15) そのようなかたちで肉体を痛めつけたことが、作品を書き終えた後の脳血栓による身体異変と無縁であるとは思えない。まさに、生死を賭して書かれており、そこに作家のニヒリズムを読み取ることもできる。

このように「死」と「生」のニヒリズムを通して書かれた『富士』は「いま」読まれる。そして、それを読むことによって人間と世界についての問いの前に立たされる。明確な答が示されていないがゆえに、それは繰り返し読み直されなければならない。どこまでも問い続け、問題を提起し続けるとき、たえずこのニヒリズムのもつ意味を考えることになる。

おわりに

『富士』を論ずることはむずかしい。それは、人間の生に関する多様な問題がさまざまに絡み合っているからである。「異常性」、「死」、「神」、「性」、「愛」、「組織」その他人間にかかわるあらゆるテーマが、そこには考えられる。方法としては、「富士曼陀羅」に象徴されるように、仏教が大きな役割を果たしているが、ドストエフスキーの影響も色濃く出ている。(16) そして、それらを貫いて根本にあるのはニヒリズムの問題である。このために、この作品は今でも新しい。

今日ほど「無常」の事態が眼前にさらけ出してゐる時代は、さうざらにはない。現実の事態が「無常」なのである。言ってしまへばニヒリズムが普遍化し、すでにニヒリズムといふ実態が観念されえないほどに、ニヒリズムそのものがのさばってゐる。ニヒリズムはすでに特定人の特定の定義や意見ではない。世界を挙げてニヒリスティックなのである。ひとはそのなかにありながら、それを意識しえない。

唐木順三が『無常』（筑摩書房、一九六四）においてこう述べたのは一九六三年である。しかし、これは現代にもあてはまる。あらゆるものの相対化のただなかで、人は近代と科学の恩恵を蒙りつつも、安易に絶対を志向することはできなくなっている。価値ありとみられたものが無価値となり、「何故に」「何のために」と真正面から問うていくとき、人は己の生の無意味さに行き詰まる。不安が湧き、焦りにも似た気分が漂う一方で、現代世界に対してその全体性のリアリティをもって像を結ぶことができないでいる。むしろ、不安は隠されており、不安の根源に近づくことができない。そういうときこそ、文化や伝統が問い直され、ニヒリズムの意味が問題化されねばならない。「無常なるものの無常性を徹底させるよりほかない」とは、そういうことである。武田泰淳が『富士』で問うているのは、そういうことである。救いが見つからないがゆえに、たえざる「問題化」の渦の中にあって、その救いのなさのうちに世界そのものが深まっていくというようなあり方を、それは示している。人はどこまでそこに踏みとどまり耐えていけるか。われわれが問われているのはそういう問題であるように思われる。

注

（1）「昭和一九年」は、梅崎春生が海軍に召集されて佐世保の海兵団に入り暗号特技兵となり、大岡昇平が補充兵としてフィリピンの戦場に送られた年でもある。彼らの、生と死のぎりぎりのはざまでの体験は、後に「桜島」や「俘虜記」「野火」に結実するが、そこではその「狂気」にも通じる「底知れぬ絶望感」が問題なのであり、それがこの物語の背景にあると考えられる。また、寺田透「『富士』と『快楽』ノート」（『文芸』一九七三・五）によれば、「一般社会を舞台として取扱ったのではこれまたはなはだしく稀釈された形でしか掬ひ上げられず、そこで強い表現を与へたのでは、えてして誇張された、黒々とどぎつい、日常生活を語るに適した言葉ではなんとしても書き表せぬ相貌を示す政治というものを主題の一つとするために、病院、それも精神病院を舞台と定め、それにはたらきかける戦時政策を政治そのものと見る図式に定めた」。

（2）重岡徹「「富士」論」（『山口大学教養部紀要』第九巻、一九七五・一〇）には、「仏教思想にもとづく武田泰淳のニヒリズムの強靱さとその魅力については多くの論者が説くところであるが、ニヒリズムを超克する可能性のある人物を正面から扱った作品は「富士」をもって嚆矢とする」とあるが、ニヒリズムははたして「超克」すべきものなのかどうかということが、本稿で問題にしたいことの一つである。

（3）重岡徹「武田泰淳の全体性について――または知の倫理性」（『山口国語教育研究』第八号、一九九八・七）は、一条にニヒリズム、甘野に倫理性をあてはめようとしているが、ニヒリズムをそのように限定的に考えることはできないと思う。

（4）甘野、一条、大島の三人の主要人物に沿って作品を読み込み、主題を明らかにしようとした密度の高い論に、重岡徹「「富士」論」（前掲）がある。

（5）重岡徹「武田泰淳の全体性について――または知の倫理性」（前掲）には、「〈予感〉とは、絶対的超越を生み出さざるをえない人間の宗教的心情を言いあてていることは確かであるが、それを含んでさらに、一般的に人間そのものの基本的な存在様式をも言いあてているように見える」。とある。

（6）渡辺二郎『ニヒリズム――内面性の現象学』（東京大学出版会、一九七五）には、「おのれは、その存在において、おのれの存在の意味と無意味に貫き通された存在者である。そして、意味の「無」意味化と、「無」意味化の中での意味という、この「無」の現象が、ニヒリズムということにおける「無」であり、ニヒリズムの問題現象にほかならない」。とある。

（7）氣多雅子『ニヒリズムの思索』（創文社、一九九九）には、「己れの無に面し、無を引き受けることで「私」が立ち上がる。この「私」の単独性は、いかなる他者も役に立たないということを指すだけでなく、私を見ているべき神も無いということ指す。内面性（内在性）という概念そのものに既に神との直接的出会いの否定が畳まれているのであるが、徹底的に自己自身へ向かうことは、その否定の上にさらに否定を積み重ねる運動を引き起こす」。とある。

（8）多くの患者の死を前にした甘野のことばは、「全く無意味に見えるような私たちの仕事を私たちがつづけることを、それだけをお許し下さい」。（七章、一四五頁）というものであった。

（9）渋谷治美「現代科学と〈宇宙論的ニヒリズム〉」（『ニヒリズムからの出発』ナカニシヤ出版、二〇〇一）参照。

（10）重岡徹「武田泰淳の全体性について――または知の倫理性」（前掲）参照。

（11）柄谷行人「真理の彼岸　武田泰淳『富士』」（『文芸』一九七二・一）には、「人間は善悪ともになし得ない。それゆえ根本的に許されており、極楽へ行くことがきまっている。……浄土宗のこういう認識が武田氏に与えたのは、途方もないニヒリズムであった」。とある。

（12）菊田均「平等と不平等の間――『快楽』の内と外」（『早稲田文学』一九八八・六）には、「武田氏は、どうせ救いなぞありはしないのだ、などとは考えなかった「どうせ」という形の性急な断念から彼は遠かった」。とある。

（13）高橋敏夫「武田泰淳『富士』めらめらと燃えあがる富士の裾野に」（『國文学　解釈と教材の研究』第四九巻、第二号、二〇〇四・二）参照。

（14）『富士』は一九六九（昭和四四）年一〇月号の『海』に序章が発表され、以後、一九七一（昭和四六）年六月号まで連載された。

（15）創作時の状況について、「私の病状」（『新潮』一九七三・一）で、次のように書いている。「『富士』にとりかかる頃から、おかしくなっている。後半にさしかかる頃は、ビール、焼酎、泡盛、日本酒、ドブロク、ウイスキー、高粱酒、老酒、ジン、ウオッカ、ブランディなど出来るだけ組み合わせの悪い酒を同時に飲み、出来るだけ妙な酔い方をして書き続けたのがこたえたらしい」。

（16）井桁貞義『ドストエフスキー　人と思想』（清水書院、一九八九）には、「作家、武田泰淳がドストエフスキーのテクストの性格に最も近づいたのは、長編『富士』においてであろう。この小説で天皇制を中心とするあらゆる観念語はそのヒエラルヒーから引きずり出され、鋭い対立の中で笑いのるつぼに叩き入れられる。バフチンがドストエフスキーの作品に関連して指摘した〈イデアのカーニバル性〉をこれほどの力で実現したパラドクスの傑作を日本文学のなかに他に見出すことは難しい」。とある。

初出一覧

第一章　無常とは何か
一　正法眼蔵の時間論　『兵庫國漢』第四七号、二〇〇一年三月
二　正法眼蔵の身心論　『言語表現研究』第二一号、二〇〇五年三月
三　正法眼蔵の「自然」　『Problématique―プロブレマティーク―』Ⅴ、二〇〇四年七月
第二章　無常をいかに表現するか
一　正法眼蔵の言語表現論　『言語表現研究』第一九号、二〇〇三年三月
二　正法眼蔵における「授記」の転位　『Problématique―プロブレマティーク―』Ⅳ、二〇〇三年七月
三　正法眼蔵の「自己」をめぐって　『Problématique―プロブレマティーク―』別巻一、二〇〇六年三月
第三章　無常とニヒリズム
一　武田泰淳論―初期作品における無常　『言語表現研究』第一七号、二〇〇一年三月
二　武田泰淳『富士』論―ニヒリズムをめぐって　『言語表現研究』第二三号、二〇〇七年三月

あとがき

かつて二〇代の学生であった頃、ヨーロッパの哲学、とくに現象学に関心をもった。『存在と無』『存在と時間』などという書物も手に取ったが、それで存在の何たるかがわかったわけではなかった。その頃、『正法眼蔵』や武田泰淳にも出会っている。しかし、強く印象には残ったものの、それらについて何かを書いてみようというところまではいかなかった。少し腰を落ち着けて読み、考えるようになったのは、四〇歳を過ぎてからである。そこまで年齢を重ねてやっとわかってきたこともある。知らず知らずのうちに積み重ねてきた問題意識が、このようなかたちに結びつくとは、あの若い頃には想像すらできなかった。

人生にはさまざまな出会いがあり、別れがある。五〇代も後半になってつくづくそう思う。その出会いがなかったらとても本書を書くことはできなかっただろう。「日本的ニヒリズム」という言い方にためらいがないわけではない。しかし、どこまでいってもこれでよいということがなく、ただただ問い続けるという、苦しいがそうするしかない人間の営みを、無常という現実を通して明確にすることがすなわち、本書にいう「日本的ニヒリズム」である。それがどれほど有効であるかは、読者の判断にゆだねるしかない。最初に載せてもらったのが研究誌であった関係上、論文というかたちをとっているが、果たしてそれが人に読んでもらえるだけのものになっているかどうか、自分ではわからない。言い足りないことは多いが、本文はほとんど初出のままである。その時の思いを優先した。要は、徹底的に問い、相対化するなかでしか生まれない肯定というものはあるということである。そういうところから生まれてくるものを大事にしたいと思う。

本書を上梓するにあたって、兵庫教育大学で日本中世文学を講じておられる山口眞琴先生にはひとかたならぬお世話になった。ここに載せた文章のほとんどを最初の原稿段階で読んでいただいた。私の気ままな文章を研究誌に紹介してくださったことから始まり、先生のご厚意がなければ、このようなものはできあがらなかっただろう。また、すでに鬼籍に入られたが、岡山大学の恩師であり、フランスの思想・哲学から昭和思想史にも研究範囲を広げておられた藤中正義先生には、本書のもとになった論文をお届けするたび、体調がすぐれないにもかかわらず、懇切丁寧なご批評をいただいた。先生のお勧めにも従わず、生前に間に合わせることができなかった怠慢をお許し願わなければならない。さらに、妙香寺住職、幣道紀老師には『正法眼蔵』の講読を通してさまざまなご教示をいただいた。そのほかにも多くの方々に助けをいただいてここまでこぎつけることができた。心からの感謝を申し上げる。最後になったが、本書を出版へと導いてくださった広島大学の竹村信治先生に厚くお礼を申し上げたい。また、このような場を与えてくださった大学教育出版の佐藤守社長にも深謝申し上げる。

私事にわたるが、本書を、二〇〇九年四月一二日、夢半ばにして二二歳の若さで逝った娘悠子に捧げる。口角あわを飛ばして語り合ったあの頃が、今となっては懐かしく思い出されるばかりである。

二〇一一年四月一二日

著　者

■著者紹介

藤本　成男　（ふじもと　しげお）

1953年　兵庫県生まれ
1978年　岡山大学法文学部哲学科卒業
1999年　兵庫教育大学大学院学校教育研究科修士課程修了

日本的ニヒリズムの行方
―正法眼蔵と武田泰淳―

2011年5月30日　初版第1刷発行

■著　　者――藤本成男
■発 行 者――佐藤　守
■発 行 所――株式会社 **大学教育出版**
〒700-0953　岡山市南区西市855-4
電話（086）244-1268　FAX（086）246-0294
■印刷製本――モリモト印刷㈱

ISBN978－4－86429－074－6